KB260917

사학 죽이기

私學

사학 죽이기

상지대를 비롯한 사학 탈취의 진실

전대열 지음

알동북

사학 죽이기

초판 1쇄 인쇄 2004년 9월 9일
초판 1쇄 발행 2004년 9월 13일

저자 전대열
펴낸이 조인숙
펴낸곳 일송북
출판등록 1998년 8월 13일 제6-1382
전화번호 2237-1673, 9985
팩스 2237-7037
주소 서울시 중구 신당동 145-5
E-mail minato3@hanmail.net

값 8,000원

ISBN 89-5732-017-2 03890

책을 펴내며

애초에 책을 펴내기 위해서 시작한 글이 아니었는데, 책이 되어 나오게 되었다.

이 책은 완전히 시대적 산물이다. 그 동안 논란을 빚어왔던 사학의 비리문제가 요즘처럼 현안으로 떠오른 일은 별로 없었다. 새로이 정권을 장악한 여당에서 개혁의 기치를 높이 걸고 사학을 손보기로 작정하고 나섰다. 그들은 교육인적자원부에서도 한사코 거부하고 있는 사학법의 개정을 강행하겠다는 결의가 대단하다.

사학을 경영하여온 학교법인 측에서는 '이런 식으로 법이 개정되면 결국 사학의 종말이 오고 말 것'이라고 경고하고 있다. 사학법을 개정하여 학교 운영의 투명성을 제고하고, 많은 사람이 참여하는 제도적 장치를 마련한다는 개정안은 겉으로 보기에는 별다른 문제가 있어 보이지 않는다. 그러나 그 내면을 들여다보면 사학의 전멸을 가져올 수도 있다는 위기의식을 느끼게 한다.

우선 법인 이사장의 권한을 대폭 축소하는 것은 민주적 운영을 위한 진일보일 수 있다. 그러나 법인 자체의 고유 권한을 학교장 등 학교 운영위원회에 법적으로 양도함으로써 빚어질 후유증은 어떻게 할 것인가? 교원의 임면권을 독식한 학교운영위는 말썽 많은 재단의 비리보다 훨씬 더 큰 부정을 잉태할 수밖에 없는 구조적 모순에 빠질 것이 틀림없다.

학생을 가르치고 지(智) 덕(德) 체(體)의 기본 교육에 충실해야 할 학교가 교내 권력다툼의 장으로 변하지 않는다고 누가 장담하겠는가. 한치 앞도 내다보지 못하고 일부 사학의 비리만을 과장하여 전체의 틀을 깨는 것은 '교각살우'의 어리석음에 비유된다.

더구나 이번에 그 진상을 깊숙이 캐본 상지대학교의 경우 김문기 설립자가 어마어마한 부정을 저지른 사람으로 모든 언론에 도배질을 당했으나 법원의 엄중한 심리 끝에 아무런 부정도 없었다는 것이 증명되어 무죄로 확정된 지 이미 10년이 넘었다. 그럼에도 불구하고 그의 고난은 아직도 계속되고 있다. 상지대를 집어삼킨 교육부와 일부 교수들에 의해서 불법적인 운영이 '합법적'인 것처럼 위장되고 있는 것이다.

여기에 과거를 먹고 사는 일부 재야인사들이 상지대 설립자의 역사까지 왜곡해가며 불법에 가담하고 있으니 진실이 빛을 잃고 정의가 흐려지는 말세를 탓해야 한단 말인가. 이성을 상실한 그들의 실태를 낱낱이 파헤치는 것은 이 짤막한 글줄로는 태부족이다. 그나마 〈시민일보〉에서 언론의 사명을 다하기 위해서 '사학 무엇이 문제인가'라는 제하에 33회에 걸쳐 기획 연재한 것은 우리 언론사에 한 획을 긋는 일이었다.

불법은 불의를 낳고, 불의는 부정으로 태어난다. 교육부의 불법적인 정책집행이 상교협이라는 불의를 낳았고, 이들이 온갖 학사의 난맥으로 이어지는 부정의 씨앗을 뿌리고 있다.

사회를 올바로 가게 하려면 지도적 인사들이 깨끗해야 하는데 거꾸로 가고 있는 것을 보면 한심하다.

그나마 대낮에 촛불을 밝히고 진리를 찾아 나서는 사
람이라도 있어야 이 세상은 안정될 것이다. 먹은 아무
리 갈고 닦고 씻더라도 새까맣게 마련이다. 그래야 글
씨를 쓸 수 있다. 상지대의 역사는 아무리 변조하고
위조하여 왜곡하더라도 그 뿌리는 그대로 남아 있다.
이 책에서는 그 점을 강조할 뿐이다.

　사학을 점령하고 상지대의 역사를 왜곡하고 있는
사람들에게 역사의 부끄러움을 조금이라도 알아달라
고 말하고 싶어 이 책을 펴낸다.

2004년 9월 3일

金 太 一

추천의 말씀

- 전 문교부장관 민관식 -

전대열씨의 저서 '사학 죽이기'를 읽고 문교부장관을 역임했던 한 사람으로 우선 책이름부터가 충격적이란 느낌을 지울 수가 없다.

도대체 누가, 왜, 누구를 위하여 사학을 죽이고 있단 말인가?

우리 나라 고등교육에서 사학이 차지하는 비중은 재학생 수와 교육기관 수를 포함하여 거의 80％를 육박하는데 이 정보화사회─지식기반사회에서 사학의 존립 기반을 의도적(?)으로 무너뜨리는 개인이나 기관·단체가 있다면 우리 나라 전체의 불행이 아닐 수 없다.

흔히 교육의 공공성을 빙자하여 고등교육부문에서 국가의 역할을 정당화하는 사례를 우리는 자주 목격한다. 누구도 교육의 공공성을 부인할 수는 없다. 그러나 사립고등교육의 자율성을 간과하면 필연적으로 획일성과 평등성만이 비대하여 경쟁력과 창의력, 자유와 다양성을 상실하여 고등교육은 황폐화를 면하기 어렵고, 우리에게는 세계를 상대로 경쟁력을 키울 수 없다.

사학의 자율을 강조하는 미국과 고등교육의 공익성에 편중하는 독일이 정보화시대에 차지하는 오늘의 위상을 비교해보면 우리가 추구해야 할 방향은 명백해진다.

상지대학교가 오늘날 처하여 있는 곤경은 하나의 사학이 예외적으로 겪고 있는 단순한 사건이 아니라고 나는 확신한다. 상지대가 겪고 있는 아픔은 오늘날 대한민국의 사학이 시달리고 있는 상징인 것이며, 상지대학의 운명은 사학경영자에게 국한된 문제가 아니다.

1973년 재정난으로 폐교된 원주대학 200여 명의 야간부 학생들은 대부분 제1군사령부장병들이었다. 그들은 학교가 폐교되면서 모처럼의 고등교육기회를 잃게 되었고, 이런 연유로 세운 상지대는 강원도를 고향으로 둔 실업인 김문기박사가 전 재산을 쾌척하여 세운 사학이다. 대학신설을 망설이던 김문기 사장의 등을 밀어 반강제적으로 대학을 설립토록 한 장본인이 바로 나와 돈이 없던 대한민국 정부였다.

설립자의 경영권을 박탈당하는 데는 상당한 이유가 있어야 한다. 그렇지 않고 정치적 투쟁을 통한 사학의 장악이 숨은 의도라면 이것이야말로 '사학 죽이기' 가 아닐 수 없다. 상지대학을 제자리에 환원하는 일은 정의가 살아 있다는 교훈을 후대에게 남겨야 하는 우리 모두가 짊어져야 할 사명이다.

2004년 9월 1일

집주인 내쫓고 집문서 위조하여
주인 행세하다니…

- 서강대학교 이사장 박홍 -

사학은 분명한 교육이념을 가진 설립자가 육영을 위해 건학 이념을 바탕으로 설립한 학교입니다. 주인이 없는 사학은 있을 수가 없습니다. 대자연의 섭리 중 분명 하나는 모든 사물에는 주인이 있다는 사실입니다.

상지학원과 상지대학교가 어디 하늘에서 떨어진 학교입니까?

젊어서 기업을 일으켜 사업상 성공의 길로 들어섰던 김문기 이사장은 고향인 강원도의 원주 땅에 학교를 세우게 되는데, 그게 곧 상지대학교입니다. 초라하기 짝이 없던 원주에 거창한 대학이 설립되자 소도시에 불과했던 원주는 완연히 활기를 띄고 웅비하게 됩니다.

평생 모은 사재를 모두 출연한 김문기 이사장은 상지대를 중부권의 명문으로 만들기 위해서 자신의 건학 이념을 후학들에게 전해주는 충실한 일꾼으로 일했습니다. 그런데 어느 날 갑자기 불어 닥친 회오리바람에 쓰러졌습니다. 권력이 상지대를 노리고 아무 죄도 없는 김문기 이사장에게 어마어마한 죄를 뒤집어 씌웠습니다. 그러나 그는 대법원에서 완전 무죄로 판결되었습니다. 그럼에도 불구하고 10년이 넘도록 자기 자리로 돌아가지 못하고 있습니다. 왜 그럴까요?

집 짓는데 벽돌 한 장 옮기지 않았던 사람이 안방을 차지해버렸기 때문입니다. 집 안에 싱크대가 고장나 수리하라고 했더니 집이 탐이 나서 집주인을 내쫓고 집문서를 위조하여 주인 행세를 하고 있는 꼴과 똑같습니다. 감독청을 자임하는 교육부가 설립자의 의사를 무시하고 일방적으로 임시이사를 선임하는 것이나, 임시이사가 자의적으로 아무 관련 없는 인사들로 정이사를 뽑아 경영권을 넘겨주는 일은 결과적으로 사립학교 제도 자체의 존재를 부인하는 것이라고 할 수 있습니다.

진실은 반드시 밝혀지게 마련입니다. 이번에 발간되는 ‘사학 죽이기’ 는 상지대를 중심으로 모든 사학에 가해지고 있는 권력의 압박과 그 실상을 적나라하게 밝히고 있습니다. 한국교육사상 임시이사가 정이사를 선출하고 교육부가 이를 승인한 사건은 상지대 사태가 처음입니다. 이처럼 부도덕한 권력 놀음을 정면으로 파헤친 ‘사학 죽이기’ 는 현안이 되어 있는 사학법 개정과 맞물려 큰 관심을 불러일으킬 것이라고 생각합니다.

설립자를 배제한 채 사학을 죽이고 탈취하는 행위는 정의사회 구현을 위해서 반드시 올바른 길로 방향을 바꿔야 합니다. 그것은 설립자가 자신의 자리를 찾아가야 한다는 뜻입니다.

이것은 상지대에 국한한 문제가 아니라 전국의 사학 모두에게 언제 닥칠지 모르는 재앙이 될 수 있다는 사실을 깨닫고 공동으로 깊은 관심을 쏟아야 한다는 점을 덧붙이는 바입니다.

주인 없는 대학 있을 수 없어

– 사단법인 한국사학법인연합회 회장 조용기 –

현재 정부 여당이 추진하고 있는 사학관련3법의 개정내용은 정치·경영 주체인 학교법인의 기능을 무력화시키고, 학교의 설립 및 경영에 아무런 기여를 하지 않았을 뿐만 아니라 법인과 사법상 고용계약관계에 있고 대내외적으로 법적인 책임을 질 수도 없는 교원 등에게 권한을 부여하려는 것으로 요약할 수 있습니다.

즉, 주인을 내쫓고 고용인들이 주인 행세를 하도록 법적 강제를 하려는 것입니다. 이렇게 되면 대학 운영의 초점이 진정한 의미의 대학교육의 발전보다는 교직원 후생복지에 치우치게 되고, 대학은 구성원간의 정치 투쟁의 장이 되거나 특정이념이 지배하는 곳으로 변질될 것이 분명하다는 사실은 역사적으로, 특히 상지대학의 사례를 통하여 증명된다고 할 것입니다. 소수의 비리사학이 있다 하여 전체 사학의 자유를 제한하려는 작금의 시도는 실로 '교각살우'의 전형이라고 할 것입니다. 상지대학은 정치권력과 행정권의 남용에서 비롯된 '주인 내몰기'의 대표적인 예입니다. 우리 사학인들은 상지대학의 서글픈 현실을 매우 안타깝게 바라보며 사회적 정의로써 조속히 시정될 것을 강구하고 있습니다. 이번에 출간되는 '사학 죽이기'는 상지대학의 쓰라린 경영권 침탈 과정을 서술하고 있습니다. 이제 정부 여당의 뜻대로 사학관련법이 개정되면 사학인들 모두가 상지대학 설립자(김문기 님)와 같은 처량한 신세로 전략할 수밖에 없게 됨을 느끼면서 참으로 절묘한 시점에서 이 책이 출간된다고 생각됩니다. 이 소중한 책의 출간으로 말미암아 사립학교법을 개악하여 사학이 죽고 우리 교육이 퇴보의 늪으로 빠지는 악몽 같은 시도에서 벗어나, 사학이 살고 우리나라가 발전할 수 있도록 사학의 자유를 더욱 확대하는 쪽으로 방향이 전환될 것을 소망합니다.

끝으로 상지대학이 하루속히 주인을 되찾아 발전의
구심력을 갖추게 되기를 기원합니다.

2004년 9월 1일

차례

상지대 불행의 시작

상지학원 상지대학교의 불행은 벌써 11년 전에 시작되었다.

1993년 3월 소위 '문민정부'라는 이름으로 출범한 김영삼 정부는 공직자 재산등록과 실명제를 도입하며 서릿발같은 사정의 칼날을 번득일 때

상지대 설립자 노암 김문기

였다. 상지학원을 설립한 김문기는 당시 3선의 현역 국회의원이었다. 그는 여당인 민자당의 강원도지부장으로 활약하며 선거구인 강릉을 중심으로 폭넓은 지지세력을 옹위하면서 천성적으로 서민적인 풍모를 잃지 않고 있었다.

그가 왜 김영삼정부의 타깃이 되었는지는 지금도 미스터리다. 대통령선거에도 나름대로 협조를 아끼지 않았고, 특히 정주영후보가 강원도 출신으로 거센 바람을 일으킬 때에도 큰 바위처럼 꿈쩍하지 않고 김영삼을 지켜냈다. 그런데 정권을 잡은 김영삼은 공직자

1992년 10월, 민주자유당 당무위원 당시 김영삼 대통령후보 선거운동 중에 보훈병원을 방문하는 버스 안에서. 이때만 해도 김영삼이 자신을 그토록 괴롭힐 줄 꿈엔들 알았을까?

학교를 빼앗긴 후 붓글씨를 쓰며 마음을 달랬던 김문기의 글. '스스로 속이지 말라는 세 글자는 바로 내가 평생토록 스스로 힘써온 바이다.' (좌) ㅣ 숭인동 자택 서실에서 고희기념 전시회를 준비중인 모습(우)

사정1호로 국회의원 김문기를 구속하고 그가 설립한 상지학원 상지대학교를 접수해 버렸다.

상지대학교가 사학비리의 원흉으로 뽑힌 것이다. 학생들의 등록금으로 부동산 투기를 했다느니, 학교 공금을 횡령했다느니, 공사를 미끼로 업자들로부터 거액을 수뢰했다느니 하는 것이 그에게 뒤집어씌워진 혐의 내용이었다. 도하 신문들은 이 사건을 도배질했다. 그러나 아무런 증거도 없었다.

오직 검찰만이 혼자서 북치고 장구치며 피리까지 불어댔다. 언론은 무슨 센세이셔널한 사건이라도 되는 양 상지대학교를 다루었다. 순식간에 김문기는 천하에 고약한 악질 사학 운영자로 낙인찍히게 되었다.

그런데 문제는 다음부터다. 이 사건이 증거도 없고 증인도 없는 유령수사가 되고 만 것이다. 당황한 것은 검찰이었다. 청와대 지시사항이라 어떻게든 문제를 만들어야 했다. 죄를 미워해야지 사람을 미워하지 말라는 법언이 있음에도 불구하고 검찰은 죄는 뒷전에 놔두고 사람만 잡으려 하였다.

그래서 감옥에 수감되어 있는 김문기와 타협을 시도했다. 다른 비리는 모두 묻어두고 오직 학생 7명을 부정입학시킨 사실을 사전에 보고 받았다고만 시인하라는 것이었다. 이것 역시 재단이사장으로서는 전혀 알지 못했던 사건인지라 완강히 부인했다. 그러나 학교 관계자 수십 명이 연행되어 고초를 겪고 있어 검찰의 회유와 협박을 이겨내기 힘들었다. 결국 모든 혐의를 김문기 혼자서 책임지기로 하고 다른 사람들은 모두 석방시켰다.

학교 교직원과 교수들이 검찰에서 고통 받고 있는 딱한 현실을 모른 척하기 어려웠던 김문기의 어른스러운 결단이었지만 이로 인해서 10년이 넘는 세월, 내쫓기는 신세가 될 줄을 누가 알았으랴.

없는 죄를 뒤집어쓰다

당시 여당의 사무총장도 김문기를 만나 부정입학을 알았다고만 시인하면 국회의원직을 사퇴하는 조건으로 학교 문제는 깨끗이 처리하겠다고 약속했다. 이 약속을 순진하게 믿은 것이 천추의 한으로 남게 되었다. 이 때 끝까지 버티기만 했으면 아무 죄가 없다는 것이 법원에 의해서 밝혀졌을 것이고, 국회의원이며 재단 이사장직도 내놓을 필요가 없었을 것인데 결과적으로 큰 실수를 저지르고 만 셈이다.

이는 물론 속인 사람이 나쁘지, 속은 사람이 나쁜 것은 아니다. 한순간의 착각으로 차가운 감옥에서 1년을 살았지만 대법원에서는 오직 업무 방해를 제외한 모든 부정비리 문제는 아무 죄도 없다는 '무죄'의 판결로 김문기를 자유의 몸으로 복귀시켜줬다.

곧 이어 사면과 복권으로 공민권도 회복되었다. 애초에 부정입학을 사전에 보고받았다는 혐의만으로 기소했더라면 불구속을 당하거나 설혹 구속되더라도 금방 풀려날 수 있었던 사건을 무려 다섯 가지 죄목을 걸어 기소를 자행한 검찰의 몰아치기에 김문기만 생고생을 한 것이다.

공소장을 보면 너무나 어마어마한 죄목들이다. 무슨 중대범인이 이럴까? 특별범죄가중처벌법은 학교 공금을 횡령했다는 죄이고, 국토이용관리법 위반, 부동산등기특별조치법 위반, 매장 및 묘지 등에 관한 법률위반, 그리고 문제의 업무 방해죄 등이었으니 모두 유죄라면 10년을 살아도 부족할지도 모른다.

처음 잡혀갈 때에는 지면이 터지도록 대서특필했던 신문들은 막상 무죄로 풀려날 때에는 단 한 줄도 써주지 않았다. 치욕스런 일이었지만 힘없는 사람은 당할 수밖에 없었다. 그래도 김문기는 잘 버텨냈다. 사면복권이 되자마자 상지대의 임시이사를 철수시키고 원 이사장에게 학교를 되돌려줄 것을 교육인적자원부에 요청했다. 교육법상 분규가 있는 대학에 임시이사가 파견되어 있더라도 2년 후에는 원이사장이 복귀할 수 있도록 되어 있기 때문에 당연한 일이었다.

그런데 이게 웬일인가? 교육부가 막무가내로 버티

기 시작한 것이다. 그 내막은 알 수 없었다. 분명히 파행적임에도 불구하고 관선이사 체제를 유지하며 상지대의 부정비리가 상존하는 것으로 국민들에게 인식시키면서 자기들의 뜻에 맞는 인사로 하여금 학교를 좌지우지하도록 하였다.

시민단체의 진상조사 요구

일이 이렇게 꼬이자 전 재산을 쏟아 부어 상지대를 굴지의 종합대학으로 승격시킨 전이사장 김문기는 이 분규사태에 대한 진상을 조사해줄 것을 전국 NGO연대 측에 요청하기에 이르렀다. 이에 공동대표 회의를 소집하여 사안을 검토한 바 교육부의 불법적 정책결정 등 많은 문제점을 발견하게 되었다.

6개월이 넘는 긴 기간 동안 이 조사를 담당했던 시민단체 대표들이 분규의 현장인 상지대를 방문하여 총장을 비롯한 관계자들의 면담을 신청했으나 한마디로 거절당하고 심지어 물리적인 힘으로 쫓겨나기까지 하는 수모를 당했다.

거기에 한술 더 떠서 업무방해 등의 이유를 내걸어 경찰에 고소까지 했다. 적반하장이었다. 그러나 핍박을 한다고 진실이 변하겠는가? 캐면 캘수록 저들의 행태가 얼마나 불합리하고 불법적인지 줄줄이 이어져 나왔다. 조사단이 맨 처음 관심을 갖고 추적한 것은 김문기 이사장이 재직 시 학교발전기금으로 적립해뒀던 정기적금 141억 원과 현금 100억 원의 행방이었다.

이 돈은 김문기 개인이 재단이사장으로서 학교에 출연한 육영자금이었다. 그런데 그가 구속되고 새로운 운영진이 교육부에서 파견된 후 1년 사이에 그 어마어마한 돈이 한 푼도 남지 않고 모조리 전용되고 말았다. 그리고 꼭 필요하지도 않은 학교 토지를 매입하면서 한국감정원의 감정가보다 18억이나 비싸게 지급한 사실도 밝혀졌다. 이에 대해서는 감사원이 감사에 착수하여 그 지출의 부당성을 지적하고 보전조치 명령을 내리기도 했다.

무소불위의 상지대 교수협의회

상지대 운영은 공식적으로는 재단 이사회에서 하게
되어 있다. 물론 교육의 커리큘럼을 정하고 학생을 가
르치는 문제는 총장의 재량으로 가능하지만 학교 재산
처분이나 매입 등은 전적으로 이사회에서 결정해야만
한다. 그런데 지금 상지대는 '상지대교수협의회' 라는
단체가 무소불위의 권력을 갖고 있다.

이들에게 협조하지 않는 양심적인 교수는 재임용에
서 탈락한다. 정상적인 설립자를 쫓아내고 주인 없는
학교가 되어버린 상지대에는, '호랑이 없는 굴에 여우
가 왕노릇을 한다' 는 말처럼 임시이사와 상교협, 그리
고 일부 교직원 등이 고삐 풀린 말처럼 제멋대로 날뛰
고 있는 실정이다.

이런 상황에 학교의 공금이라고 온전할 리가 있겠
는가. 먼저 보는 놈이 임자라는 말이 떠돌 정도로 엉
망이 되어버렸다.

이를 감시하고 제동을 걸어야 할 학교 자체의 기능
이 작용해야 함에도 불구하고 오히려 김문기 전이사장
을 모략하고 매도하는 데 모든 힘을 쏟고 있는 어처구

니없는 행동만을 자행하고 있다.

심지어 김이사장이 학교에 복귀하지 못하고 있는 11년 동안 한번도 빠짐없이 신입생들의 오리엔테이션에서 동영상을 보여주며, 김문기 전이사장이 얼마나 많은 학교 비리를 저질렀는지를 홍보하고 있다. 김영삼정부에 의해서 구속될 당시의 TV필름으로 모두 무죄로 판결났다는 사실은 쏙 빼버린 채 마치 모든 것이 사실인 양 순진무구한 어린 새내기 학생들을 세뇌시키고 있다.

민주화운동이다, 통일운동이다, 개혁운동이다 하면서 이 사회의 정의는 혼자서 도맡아 하는 것처럼 떠들던 사람들이 막상 거대한 학교를 들어먹으면서 보여주는 행태는 이다지도 하이드와 지킬과 같은 두 얼굴인가 생각하니 참으로 개탄스러울 뿐이다.

양의 탈을 쓴 이리와 같다고 표현하면 맞을까? 이들은 오직 평생 한번 확보한 기득권을 죽을 때까지 놓칠 수 없다는 절박함과 천박스런 모습만 부각시키고 있다.

불법적인 정이사 선임

윤덕홍 전 교육부 장관

이런 사람들이기 때문에 정의로운 양심의 목소리가 겁이 나는 모양이었다. 그들은 자신들의 행동을 합리화시키기 위해서는 10년 동안 임시이사 체제로 유지해 온 상지대를 정이사 체제로 바꾸는 것만이 살길이라고 판단하고 교육인적자원부와 긴밀한 협의를 거친다. 이미 교육부에서는 임시이사들이 정이사를 선출한 것은 무효라고 선언하고 법원에 무효소송까지 제기해 놓고 있는 처지였다.

더구나 교육부장관 윤덕홍은 국회 국정감사에서 이러한 교육부의 방침을 다시 천명하고 "시민대학은 현행법으로 불가능하며 불법"이라고 명백히 답변한 사람이다. 그런 사람이 총선 출마를 위해서 사표를 제출해 놓고 수리만을 기다리고 있는 시점에서 소송을 취하하고 전격적으로 정이사 선임을 승인하고 만다. 내일이면 이임식을 치러야 할 사람이 부도덕해도 분수가 있지 시정잡배들도 하지 아니할 부끄러운 행위를 어찌 '교육'의 이름으로 자행할 수 있단 말인가!

소신도 없고 사명감도 없는 교육의 총책임자가 저지른 일 치고는 너무나 창피한 일이어서 교육계의 '추문'으로 영구히 인구에 회자할 것으로 보인다.

이에 시민단체 연합은 김문기 전이사장 측에서 제출한 소명자료와 법원의 판결문, 그리고 수많은 관련 인사들의 해명을 바탕으로 상지대의 문제점과 진실이 어디에 있는지 파악하기에 이르렀다. 김문기 전이사장이 꿈꾸고 있는 명예회복과 건학이념의 재구현은 원주의 발전과 상지대의 비상에 큰 원동력이 되리라는 확신을 가질 수 있기에 충분하다. 그러기에 이제부터 각론을 더듬어 그 진상과 실체를 살피기로 한다.

상지대학교 설립을 둘러싼 논쟁

상지대를 누가 설립했느냐 하는 문제를 논란거리로 삼는 것 자체가 우스운 일이다. 이것은 마치 내가 낳은 자식을 다른 사람이 낳았다고 우겨대는 꼴과 같기 때문이다. 솔로몬왕의 재판에서 '누구 아기냐' 란 지혜로운 판단이 필요한 것도 아니다. 명백히 설립한 사람이 있고 법적이나, 실제로서도, 또 상식적으로도 분명한 사실을 억지로 아니라고 부인하는 사람은 정신이 온전치 못하다는 말을 백번 들어도 싸다.

그런데도 상지대 설립자가 김문기가 아니라는 주장

을 굳세게 하는 사람들이 아직도 있다. 상지대 분규의 본질이 아닌 문제가 마치 본질처럼 둔갑하여 많은 사람들을 격동시키고, 혼돈에 빠지게 하고 있는 것이다. 상지대 문제의 본질은 한마디로 권력이 작용하여 사학의 주인을 내쫓고 교육부가 임의로 관선이사를 파견하여 쥐락펴락하는 데 있는 것이지 설립자가 누구냐 하는 것은 이미 수십 년 전에 종료된 과거지사다.

이 문제는 법정에서도 논쟁거리가 될 만큼 관심을 집중시켰고, 이로 인하여 별로 필요하지도 않은 문제가 가장 중요한 문제인 것처럼 부각되어 있다.

일이 이 지경이 되면 아무리 외면하고 싶어도 외면할 수 없게 된다. 억지 주장을 하는 사람에게 묵묵부답하면 마치 그 사람의 주장을 인정하는 것처럼 오해받을 수도 있기 때문이다. 교통사고가 났을 때 목소리 큰 사람이 일단 유리하다는 속설과 비슷하다.

군인들을 상대로 한 야간 원주대학

강원도 원주는 과거 '군인도시'라는 별명이 붙어

있는 1군사령부 주둔지다. 최전선을 담당하는 정예군의 본부가 있는 곳이다. 이들 군인들은 군복무 기간 중에도 야간을 이용하여 향학의 열정을 불태우고 싶어 했다. 민간인보다 군인이 더 많다고 하는 원주는 경향 각지에서 사람들이 몰려들어 상권이 번성했고 늘 붐비는 곳이었다. 비록 중소도시에 불과했지만 다른 도시보다 교육 수준도 높고 문화적으로도 세련된 면모를 보였다.

이에 부응하여 당시 원주의 유지였던 원홍묵이라는 분이 대학을 하나 설립해보겠다는 생각을 갖고 있었다. 그러나 생각만으로는 어림도 없었다. 상당한 돈이 들어야 대학을 설립할 수 있었기 때문이다. 그래서 대학의 전 단계로 '관서대의숙'이라는 이상한 이름의 학원을 하나 만들었는데, 이는 사설학원의 성격을 벗어나지 못했다. 이 때가 1955년 6월이다. 그 뒤 7년이 경과한 후, 그는 재단법인 청암학원을 설립하고 이듬해인 1963년 1월 17일, 야간 4년제 '원주대학'을 정식으로 발족시켰다.

뼈를 깎는 각고의 노력으로 대학이란 이름은 내걸었지만 그의 재력으로 확보한 대학부지가 겨우 900여

평에 불과했으니 아무리 야간이라고 하더라도 어디 내놓고 '대학'이라고 말하기도 면구스러웠다. 그나마 국유지가 500평이나 되었으니 그 규모를 알 수 있으리라. 건물은 낡고 초라하였으며, 비좁기 짝이 없었지만 원주 시민들은 다른 중소도시에서는 꿈도 꾸어보지 못하는 대학을 가지고 있다는 자부심으로 당당했다.

그러나 대부분의 학생이 군인들인데다가 등록금만으로 꾸려나가야 하는 학교 살림은 쪼들릴 대로 쪼들려 칠판 하나, 난로 하나 제대로 된 것이 없었다. 군인 신분의 학생들은 다른 부대로 이동하거나 제대를 하게 되면 그만큼 숫자가 줄어들었다. '해는 서산에 지고 갈 길은 멀다'는 말이 있듯이 원주대학의 상황이 그랬다. 헤어나기 어려운 경영난에 빠진 것이다.

더구나 5.16 군사 쿠데타로 군인들이 집권하고 있던 시점이어서 재정난을 해소하기가 불가능했다. 이에 원홍묵은 '폐교'를 결심하고 1972년 12월 31일을 기하여 신입생 모집을 중지했다. 문교부에서도 그 실정을 정확하게 판단하고 있었기 때문에 폐교에 따른 후유증을 예상하면서도 어쩔 수 없이 폐교를 인가하고 말았다.

한신장군, 청와대에 국립대학 유치 요구

　원주대학이 없어지자 여기저기서 난리가 났다. 우선 원주 지역 유일한 지성의 전당이 사라지고 말았다는 허탈감이 시민들을 엄습했다. 그 당시만 해도 눈에 차지 않는 초라하기 이를 데 없는 명색만의 대학이었지만, 대외적으로 대학이 자리 잡고 있는 도시라는 영예마저 빼앗긴 허탈감이 강원도지사와 원주시장의 무능을 탓하는 여론으로 비화되었다. 또 군인들의 향학열에도 부응하고 충성심과 단결력을 다지는 데 일조가

다큐멘터리 영화 '참군인 한신 장군' 의 한 장면

될 대학이 없어진 것에 대하여 1
군 사령관 한신 장군이 직접
나서 청와대에 국립대학 유
치를 요구하기도 했다.

이에 문교부가 앞장서 원
주에 새로운 대학을 유치할
수 있는 방법을 모색하기에
이르렀지만 수요가 없는데

전 문교부장관 민관식

공급이 있을 수 없었다. 원주대학이 폐교되는 척박한
여건의 원주 땅에 어느 누가 막대한 자금을 투입하겠
는가! 정부에서는 강원도 출신의 여러 재력가와 접촉
을 시도했으나 모두 고개를 설레설레 내둘렀다. 이때
문교부장관 민관식은 강릉 출신으로 가구사업으로 큰
돈을 번 김문기를 지목했다. 강원도민회 부회장에 애
향심이 강한 김문기는 민관식과 아주 가까운 사이여서
자연스럽게 학교 문제 이야기가 오가게 되었다.

김문기, 대학설립의 칼을 빼다

아무리 가까운 사이라 하더라도 민관식의 권유를 받아들일 준비를 갖추지 못하고 있던 김문기는 처음엔 완강히 사양했으나 결국은 도지사를 비롯한 고향 사람들의 권유를 받아들이게 되었다.

"고향을 떠나 외지에서 큰 돈을 벌었으면 고향을 위해서 돈을 쓸줄 알아야지 혼자서만 호의호식하느냐."

"아직 나이도 젊은데 앞으로 더 큰 일을 하려면 이런 기회에 대학을 설립하여 육영사업으로 봉사를 함으로써 덕을 쌓아야 하지 않느냐?"

이런 식의 반강요나 다름없는 설득과 회유가 이어졌다. 이에 대하여 2004년 6월 9일, 프레스센터에서 가진 기자회견을 통해서 상지대 설립을 강권하고 문교부 장관으로서 인가를 내준 민관식은 "지금 김문기 박사가 불법적인 교육부의 정책으로 전재산을 다 털다시피 하여 만든 상지대에 복귀하지 못하고 있는 것은 내가 대학 설립을 강권했기 때문인데 진심으로 미안하게 생각한다"고 증언한 바 있다.

당시 김문기는 사방팔방으로 밀려들어오는 압력을 피할 방도가 없었고, 또 고향의 후진들을 양성하는 데 일조가 되어보겠다는 생각이 없는 것도 아니어서 가족들과 상의 끝에 결단을 내리게 된다.

'남자로 태어나서 돈벌기도 어려운데, 나는 이미 불혹도 되기 전에 큰돈을 만지고 있지 않느냐. 이 돈으로 세계에서 으뜸 가는 대학을 하나 만들면 이것이 국가를 위하는 길이고 민족을 사랑하는 일이 되지 않겠느냐. 한번 해보자.'

결심을 하기까지는 망설였지만 일단 칼을 뺀 김문기의 모습은 저돌적으로 변했다. 20대 때부터 사업을 일으켰던 배짱과 수완을 총동원하고 불도저처럼 밀어붙이는 그의 박력은 원주시를 괄목상대하게 만든다. 군인들만 가득 찼던 원주에 대규모 토목사업이 벌어졌다.

6만 평에 펼쳐지는 상지대 캠퍼스

앞에서도 잠시 언급되었지만 원주에 대학이라는 이름으로 존재했던 야간 원주대학만 보아왔던 원주시민들의 눈에는 상지대의 등장은 너무도 놀라웠다. 캠퍼스의 건너편으로는 멀리 치악산이 펼쳐져 있었는데, 온갖 전설을 간직한 치악산의 웅장한 모습 전체가 한눈에 들어오는 상지대 캠퍼스는 원주 시민들의 구경거리가 되었다. 학교는 인산인해를 이루었다.

상지대는 원주대가 폐교된 2년 후 1974년 3월 8일 문교부로부터 정식으로 상지학원 설립허가를 받고, 우산동 교지에 웅장한 신축교사를 짓기에 이른 것이다. 1974년 10월 28일 거행된 기공식에는 문교부를 비롯한 관계 기관의 인사들이 총동원되다시피 모여들었다.

특히 강원도민들의 기쁨은 이루 말할 수 없을 정도였다. 너도나도 김문기박사의 용단을 칭송하고 학교

1974년 상지대학교를 세우기 전의 1단계 공사현장의 모습(아래) | 그해 3월 8일 학교법인 상지학원과 상지대학을 설립하여 김수근 강원도 교육감과 함께 현판식을 거행하였다.(위)

1992년, 상지대 1차 캠퍼스 조성 계획이 완성된 모습

발전을 믿어 의심하지 않았다. 그것은 너무도 자연스
러운 일이었다. 당대의 재력가로 소문난 김문기가 손
을 대면 야무지게 일을 해치울 수 있으리라는 기대가
컸기 때문이다. 실제로 그랬다. 불혹의 젊은 기업인으
로서 무서울 게 없었다. 지금으로부터 30년 전의 50
억은 요즘 시세로 환산하면 5천억 이상의 가치가 있
는 큰돈으로 시작했으니 누구든지 눈을 둥글게 뜨고
놀랄 수밖에 더 있겠는가!

김문기가 원주에 거창한 규모의 대학을 설립했다는

소식은 강원도 내에 빠르게 전파되었다.

"이제 강원도에도 제대로 된 대학이 생겼다!"

서울까지 유학하기 힘든 인근의 인재들이 슬금슬금 상지대학으로 모이기 시작했다.

감격적인 신입생 모집

상지대학은 캠퍼스를 짓기 시작하면서 신입생도 받아들였다.

모든 준비를 완벽하게 갖출 시간이 없었기 때문이다. 왜냐하면 야간 원주대가 폐교한 후 2년이 흘렀기 때문에 원주에는 대학교육의 공동화 현상이 일어났다. 많은 젊은이들이 어쩔 줄 모르고 우왕좌왕했다. 대도시에 소재한 대학에 가려면 열악한 경제사정이 허락지 않았기 때문에 하루 빨리 원주에 대학이 만들어지기를 학수고대하고 있었는데, 상지대가 인가를 받았으니, 우선 학생을 뽑고 강의를 해야만 하는 절박한 사정이 되었다.

200명의 신입생을 새로 뽑았다. 학교 측이나 학생

1982년 12월 5일, 국민훈장 석류장을 수상한 후 부인과 함께
한 모습

여학생 기숙사 전경(좌)과 농과 대학관 전경(우)

측이나 모두 서로 필요로 하는 절대적인 관계였다. 이때 입학한 사람들이 4년 후인 1978년에 제1회로 졸업하게 되는데, 그 감격 또한 신입생 입학에 못지 않았다. 그들은 어려운 형편에도 불구하고 설립자의 건학 이념을 충실히 지켜 많은 사람들이 미국 등에 유학을 떠났고, 지금도 대학교수로 활약하는 등 사회적 활동이 가장 왕성하다.

김문기는 상지대 설립 후, 우산동 교지에 계속 투자를 함으로써 본부건물, 학생회관, 각 단과대 건물, 연구동 등 엄청난 교사를 건축했고, 이런 시설들을 모두 갖춘 후 정식으로 종합대학교 승격을 신청했다. 칼리지냐, 유니버시티냐 하는 것이 교육상으로는 대수롭지 않은 문제지만 한국의 교육관은 칼리지보다는 단연코 유니버시티를 알아줬다.

1989년 11월 13일, 대망의 종합대 승격이 허용된 상지대학교는 대대적인 기념식을 통하여 내외에 '상지의 힘'을 과시할 수 있었다.

상지대 발전을 위한 김문기의 집념

뒤이어 상지대는 한의과대학의 인가도 받아낸다. 의과대학이나 한의과대학은 이제 서울이냐, 지방이냐를 가릴 것 없이 모두 수능 1등급만 모일 만큼 치열한 경쟁을 거쳐야만 입학이 가능하다. 졸업 후의 미래가 보장된다는 이점 때문이다. 게다가 그 어렵다는 한의과대학을 유치한 김문기의 학교 발전에 대한 집념은 놀라운 것이었다.

그는 교육 전문가가 아니면서도 사업가의 센스로 먼 미래를 내다보고 있었던 것이다. 그래서 학교 설립의 과정에서는 망설였던 사람이 한번 시작하자마자 어느 누구도 따라오기 힘든 과감한 투자로 학교의 기반을 튼튼히 다졌다.

명실공히 종합대의 면모를 갖춘 상지대는 김문기 이사장이 처음 학교를 설립했을 때 400명의 신입생을 받아들이던 미니 대학에서 이제는 1만여 명이 넘는 대형종합대학교로 탈바꿈되었다.

이런 대학교를 욕심낸 사람이 있어서일까? 김영삼 정부가 들어서자마자 사정1호로 김문기를 제거하더니 대법원에서 무죄 판결을 받았음에도 불구하고 학교는 되돌려주지 않고 오히려 '설립자는 김문기가 아니다' 라는 해괴한 논리를 전개하여 설립자 김문기의 이미지를 실추시키는 데만 모든 신경을 쏟고 있는 실정이다.

상지대에서 김문기 이사장을 추방한 교육 권력은 지금까지 11년 동안 줄기차게 '설립자 바꿔치기 운동' 에 매달려 왔다. 정말이지 말도 안 되는 일이었지만 그들은 자기들의 합리화를 위해서 말을 가리켜 사슴이라고 우겨대는 '견강부회' 도 서슴지 않았다.

설립자 바꿔치기의 절정

그들은 이미 앞에서도 거론되었던 야간 원주대학을 끌어들여 상지대학의 전신으로 탈바꿈하는 작업을 전개했다. 이 작업은 현재 학교를 운영하고 있는 측에서 온갖 자료를 끌어모아 자신들의 구상대로 모자이크 맞추듯이 전개하여 대외적으로 더 이상 설립자 문제에 대한 시비가 없도록 조처하고 있는 것이다.

다시 말하면 원주대학을 김문기가 인수했기 때문에 상지대의 전신은 당연히 원주대가 되어야 하며 따라서 원주대 설립자인 원홍묵이가 상지대 설립자가 된다는 논리였다. 이것은 원래 상지대를 설립하기로 마음먹은 김문기에게 당시 강원도 교육감이었던 김수근이가 중재자로 나서서 일어난 일이다.

원주대는 이미 1972년도에 폐교되었지만 학교를 운영하는 재단은 페이퍼상으로만 남아 있었다. 이 때 김수근은 폐교의 고통을 혼자서 짊어져야 할 원홍묵을 동정하여 청암학원을 인수하는 형태로 원홍묵에게 돈을 줄 것을 김문기에게 부탁하게 되고 이를 쾌히 승낙하여 실체가 없는 재단을 인수하는 계약을 맺고 상당

설립자 김문기가 개인 소유의 임야를 상지학원에 기증한 각서

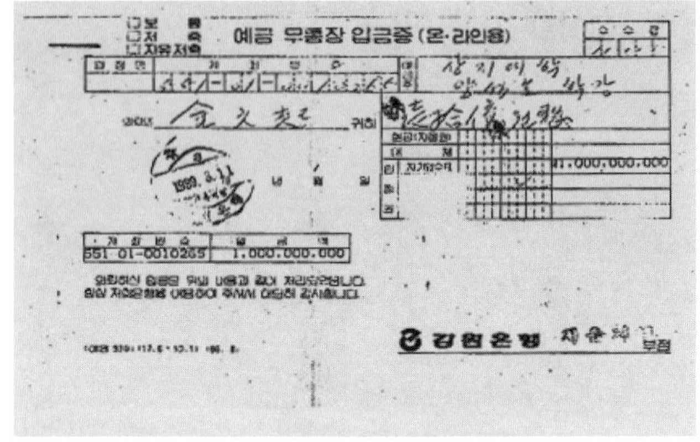

김문기 전이사장이 종합대학 승격을 위하여 사재 10억 원을 대학에 기부 체납한 송금 무통장 입금증

한 금액을 지불했다.

그 문서들이 지금 어느 누구도 부인할 수 없는 증거로 고스란히 남아 있다.

그런데 이를 역이용하여 엉뚱하게 원홍묵을 '설립자'라고 우겨대는 것이다.

당시 김문기가 재단 인수를 거부하고 새로운 재단으로 발족했다면 청암학원은 교육부가 떠맡아 해체 절차를 밟았을 것이다. 원홍묵도 이 사실을 너무도 고맙게 생각하여 여러 차례 감사의 뜻을 표한 바 있다.

졸업 횟수가 설립자 판가름

구태여 인수할 필요가 없는 원주대의 재단을 인수하는 형식을 갖춘 것은 김문기의 넉넉한 가슴 때문이었지 결코 상자학원 설립의 조건이 될 수 없었다. 김문기가 학교를 설립한 것은 자의라기보다 강권에 따른 것이었으므로, 원주대를 인수하는 조건이었다면 아예 상지대를 설립할 생각을 포기했을지도 모른다.

더구나 김문기라는 재력가에 의해서 새로운 대학이 설립된다는 사실 때문에 전국적인 관심사가 되었지, 야간 원주대의 전통과 학사를 모두 인수하는 대학으로 알려졌다면 처음부터 세인의 관심 밖으로 밀려났을 것이다.

어느 학교를 막론하고 개교와 더불어 신입생을 뽑고, 그 신입생이 그 학교의 제1회 졸업생이 되는 영광을 안게 된다. 제1회 졸업생은 긍지를 먹고 산다. 자랑스러운 것이다. 학교는 나날이 발전하고 후배들도 커가는데 그 초석이 된 사람이 개교와 더불어 입학한 사람 아니겠는가?

상지대 역시 제1회 졸업생은 1974년 개교와 동시에

1974년 4월 2일, 상지대학 개교식에서 기념사를 하고 있는 김문기 이사장

입학한 사람들로서 1978년도 졸업생이다. 금년(2004년 현재)에 제27회 졸업생을 배출했다. 김문기에 의해서 상지학원이 재단으로 설립되면서 인가를 받은 상지대학은 김문기의 피와 땀의 결정으로, 오늘날 유수한 대학으로 인재를 배출하고 있는 것이다.

거기에는 청암학원이나 원주대학의 냄새는 어디에서도 찾아볼 수 없다. 오직 현재의 학교 운영자들만이 학교의 역사를 개조하여 자기들의 입맛에 맞추려 하고 있을 뿐이다.

이것은 일본제국주의자들이 조선을 강제로 합방한 후 일본과 조선은 원래 한 조상 밑에서 나왔다는 이론을 억지로 끌어온 것과 무엇이 다른가. 이른바 동조동근론과 내선일체론이다. 입만 열면 역사를 왜곡한 일제를 비판하는 대학자라는 사람이 자신의 이익을 위해서 학교의 역사는 왜곡해도 되는 것인지 묻고 싶다.

역대 정권의 대처 방법

김영삼 정권의 출범과 함께 공직자 사정1호로 지목된 김문기는 무죄 석방된 후 학교를 되찾기 위한 노력을 기울였으나 자신들의 과오를 인정하기 싫었던 문민정부는 못 들은 척 관선이사 체제를 밀고 나갔다. 항용 정권을 잡고 있는 사람은 정의의 편이라고 선전되지만 실제와는 거리가 멀다. 정권의 도덕성을 극대화시키기 위해서 무리한 정책을 밀고 나가는 경우가 많다. 그 짐은 결국 국민이 짊어져야 한다.

상지대 문제도 정권 출범 초기에 충격요법으로 3선

현역의원을 구속하는 강경노선을 취했다 하더라도 대법원에서 주요사안에 대한 무죄 판결이 났으면 사립학교법의 근거에 따라 2년 이내에 설립자에게 되돌려줬어야 마땅하다. 그런데 한번 뺏던 칼을 도로 넣기가 민망하고, 관선이사에 맛을 들인 일부인사들의 농간에 넘어가 그만 실기를 하고 말았다.

이로 인하여 문민정부는 정권을 내놓은 지 벌써 7년이 지났지만 아직도 그 부도덕성에 대한 성토를 받아야 하는 불행한 입장이 되어 있는 것이다. 뒤이어 집권한 김대중정부는 국민의 정부라는 허울 좋은 이름으

2000년 공개협 중앙회 사무실에서 김지길 상임의장과 연정열 공동의장, 행정처장과 기념촬영

로 출발했다.

전 정권이 저지른 잘못에 대한 시정이 있어야 국민의 정부라는 이름에 걸맞은 찬사를 듣는 것이 마땅하다. 게다가 그런 조처를 취할 수 있는 객관적 여건이 충분히 성숙되어 있었다. 왜냐하면 김대중이 취임하자마자 김문기 전이사장은 '공동체 의식개혁 국민운동협의회' (약칭. 공개협)에 탄원서를 제출했다.

이 시민단체에는 상임의장으로 김지길 원로목사, 고건 명지대 총장, 홍일식 고려대 총장, 박홍 서강대 총장, 김숙희 YWCA 회장, 안동일 변호사 등이 주도하고 있어 사회적으로 상당한 영향력을 행사했다. 당시 사무총장을 맡았던 서성철(현 시민운동연합신문 발행인)은 김지길의장의 지시에 따라 김문기의 탄원서를 검토하고 상지대 진상의 일부를 파악하기에 이르렀다.

김지길목사, 김대중대통령 만나 진상 알려

상지대가 문민정부의 희생양이었다는 사실을 보고받은 김지길은 이러한 부조리를 그대로 둬선 안 된다는 결심을 굳히게 된다. 기독교 정신을 가르치는 목사의 입장을 떠나서도 일반 국민이 이렇게 억울한 일을 당하면 반드시 풀어줘야 한다는 사명감을 가지고 사회운동에 헌신하고 있는 한 사람으로서 좌시할 수 없다는 사명감이 솟아올랐다.

그는 과거부터 친히 알고 있는 김대중대통령 면담을 청와대 측에 요청하여 대통령과 직접 대화를 나눈다. 상지대 문제를 청취한 김대중은 "대학 문제는 교육부장관의 관할인데 대통령이 일일이 이래라, 저래라 하기가 어렵다. 이해찬장관을 잘 알지 않느냐. 장관을 만나 전후 사정을 밝혀주면 좋은 결과를 얻을 수 있을 것이다"라며 한 발을 뺏다.

김지길은 더 이상 얘기할 문제가 아니라고 판단하고 며칠 후 당시 교육부장관이었던 이해찬을 찾아가 만난다. 이해찬 역시 "잘 알아보고 처리하겠다"고 약속했지만 얼마 후 퇴임하게 되어 상지대 문제는 문턱도 넘어가지 못한 채 김대중정부 초기를 허송하게 되는 것이다.

한 사람은 최고 통치권자요, 또 한 사람은 이 나라 교육의 최고 책임자이다. 그들이 진정으로 김지길 목사의 실정 설명을 귀담아 들었더라면 이런 태도를 취할 수는 없었을 것이다. 한 귀로 듣고 한 귀로 흘려버렸기 때문에 문민정부의 잘못을 바로잡을 절호의 찬스를 놓친 것은 김대중정부를 위해서도 안타까운 일이었다.

"사학에는 주인이 있어야 한다"

이해찬의 뒤를 이어 교육부 장관에 취임한 김덕중

전 교육부 장관 김덕중(왼쪽)

은 이미 아주대 총장을 역임한 사학에 대해서 비교적 잘 아는 사람이었다. 그가 상지대 문제를 검토한 결과 설립자의 권리를 부당하게 탈취한 사실을 알게 되었다. 그는 김찬국 상지대 총장, 이상희 관선 이사장, 그리고 김문기 전이사장 등 관계인사 세 사람을 장관실로 초치하여 "상지대 문제의 해결은 본래의 주인에게 돌려주는 것이 정도다. 사립대학에 주인이 없으면 흔들린다. 김문기 전이사장이 복귀해야 한다"라고 분명히 통보했다. 배석했던 김용현 고등교육국장도 "교육부의 대원칙은 김 전이사장에게 재단을 돌려주는 것이다"라고 밝혔다.

이에 대해서는 〈한겨레신문〉이 이 사실을 자세히 보도했다.

그러나 김덕중장관 역시 매듭을 짓지 못하고 조기 퇴진함으로써 이 문제는 원점으로 돌아간다. 다음에 취임한 이상주장관 역시 "설립자에게 돌려주는 것이 당연하다"는 기조를 유지하며 일관된 태도를 견지했다.

장관의 방침이 그렇다면 파견했던 관선이사를 불러들이고 설립자 측이 선임한 원래의 이사진을 복귀시켜 새로운 진용을 짜도록 하면 그만이다. 그런데도 교육

부가 머뭇거리는 사이 상지대를 운영하고 있는 측에서
는 새로운 꿍꿍이속을 차리고 있었다. 교육부의 방침
이 자기들에게 불리하게 움직인다고 파악한 그들은 기
발한 아이디어라도 되는 양 상지대를 '시민대학'으로
만들려는 추진위원회를 준비하고 있었다.

행정소송 제기한 교육부

위에서 살펴본 대로 교육부에서는 상지대 문제의 해결은 원 설립자인 김문기 이사장에게 되돌려 주는 것이 법률과 원칙에 맞는 일이라는 것을 너무나도 잘 알고 있었음이 분명하다. 그럼에도 불구하고 교육부의 소신 있는 정책 집행을 주저하고 있는 사이에 학교를 장악한 인사들은 새로운 충격파를 가하여 김문기 측의 복귀를 저지하기 위한 음모를 꾸몄다.

그들은 상교협과 임시이사진의 합작이었는데 이들은 소위 코드가 맞는 시민운동 단체의 대표를 영입하여 시민대학을 만들겠다고 선언하고 임시이사회에서 정이사를 선출하는 불법을 저질렀다. 교육부에서는 그러한 움직임을 사전에 알고 중지를 요청했으나 그들은 막무가내로 일을 벌였다.

정이사 승인요청을 반려하자 임시이사진에서는 자신들의 임명권자인 교육부 장관을 걸어 행정소송을 제기하는 등 막가는 행동도 서슴지 않았다. 그런데 1심에서는 이들이 승소하는 놀라운 판결이 내려졌다.

교육부에서는 법적으로나, 관례로나 모두 자신 있는 일이었기 때문에 소송 진행에 큰 관심을 쏟지 않았던 것으로 알려졌다. 결국 전력을 다 하지 않으면 소소한 일에서도 실패할 수밖에 없다는 사실을 적나라하게 증명한 일이다. 이에 교육부는 비상이 걸렸다.

즉시 항소를 제기하고 그 동안 소홀했던 증거자료를 제출하여 2심판결에 만전을 기하였다. 김문기를 교육부 측 보조 참고인으로 선정하여 승소하는 것은 시간문제로 보였다. 이 때 김문기 설립자 측에서는 전임 이사들이 회의를 열고 새로운 정이사를 선임하여 교육부에 승인 요청을 했기 때문에 교육부에는 현재의 임시 이사들과 과거의 전임 이사들이 서로 정이사를 선임하여 승인 요청을 하는 대립상태가 되어 있었다.

교육부에서는 행정소송이 진행중이기 때문에 어느 측에도 정이사 승인을 해줄 수 없다는 태도를 견지하고 행정소송의 결과만을 기다렸다. 너무도 당연한 일이었다. 법원에 소송 제기 중에는 판결이 날 때까지 모든 행위를 중단하고 최종 결론이 나기를 기다려야 하는데 이를 어기고 자의적인 집행을 하는 것은 중대한 하자를 스스로 자초하는 일이기 때문이다.

소송 취하도 않고 정이사 불법 승인

이해 당사자인 임시 이사회와 전임 이사회가 경쟁적으로 요청한 정이사 선임은 교육부의 올곧은 판단에 따라 법원의 판단만을 기다리고 있는 시점에 교육부 장관 윤덕홍은 여당인 열린우리당의 공천을 받아 대구에서 국회의원 선거에 출마하기 위한 꿈에 부풀어 있었다.

그는 장관이 되기 전에 대구에서 사립대학의 총장을 역임한 사람이어서 사학에 대해서 누구보다도 잘 안다고 볼 수 있다. 그가 국회에서 답변한 내용만 봐도 누구나 납득할 수 있는 것으로 상지대를 시민대학으로 할 수 없을뿐더러 그것은 불법이라고 못 박고 있다.

더구나 2003년 12월 17일에는 기자회견을 통하여 출마를 위해서 장관직을 사임한다고 발표했다. 따라서 상지대 문제는 그의 손을 떠나 후임자에게 책임이 떠넘겨질 수밖에 없는 처지가 되었다. 이미 사임을 발표하고 대통령의 수리만 기다리고 있는 사람은 어떤 정책 집행도 할 수 없으리라는 것이 일반 상식이기 때문이다.

그러나 그는 좀 특별한 사람이었던 것 같다. 국회에서의 답변과는 전연 다른 결정을 내리고 자리를 물러난 것이다. 그것도 이임식을 거행하는 당일 날, 정이사 승인을 결정하는 집행권을 행사했다는 것은 아무리 호의로 생각하려 해도 납득이 되지 않는다. 명색이 대학교 총장을 지내고 교육부의 수장으로 있는 사람의 처신이 이다지도 경솔할 수 있는지 어안이 벙벙할 뿐이다.

경우는 좀 다르지만 지난번 고건총리가 "물러나는 총리가 장관 제청권을 행사하면 다음 총리에게 부담을 준다"는 이유를 내걸어 제청을 거부하는 통에 참여정부 국정운영에 차질을 빚게 한 바 있다. 그러나 많은 사람들이 그의 행동이 원리원칙에 맞는 일이라고 칭찬하기도 했다.

고건 전 총리

그런데 윤덕홍이 물러나는 날 결재를 했다는 것은 어느 누구도 이해할 수 없는 처사로 보고 있다. 더구나 소송 진행 중에는 정이사 승인을 할 수 없다고 결정되어 있는 사항을 소 취하도 하지 않은 상태에서 결재를 했다는 것은 스스로 불법을 자초한 일이다.

교육부는 정이사 승인을 한 다음 이틀 후에 임시이사들을 상대로 제기했던 행정소송을 취하했으니 불법과 비법이 극한에 달한 느낌을 준다. 이것은 결국 쌍방 간에 긴밀히 짜고 치는 고스톱처럼 각본에 따른 것이 아니라면 있을 수 없는 행위였다.

불법을 저지르고는 뒤꽁무니를 사리고 도망치듯 교육부를 빠져나간 윤덕홍은 여당의 힘을 등에 업고 출마했으나 총선에서는 그만 실패하고 말았다.

차라리 교육부 장관을 고수했더라면 이 나라 교육 발전에 큰 역할을 했을는지도 모른다는 동정론도 없지 않으나 지도자의 처신은 '정도'를 걷는 것을 최대의 좌우명으로 삼아야 한다는 것을 웅변으로 증명한다.

아무튼 이로 인하여 상지학원, 상지대학교를 설립한 김문기 전이사장과는 전혀 상관없는 인사들이 빛좋은 개살구 격으로 회칠한 모습을 한 채 독재정권에서도 볼 수 없었던 사학 탈취를 감행한 것이다.

전 문교부장관 민관식박사의 증언

여기서 우리는 30년 전으로 되돌아가 상지대 설립 당시의 시대상황과 문교부 장관으로서 상지대 설립과 인가를 도맡았던 민관식박사의 회고를 통한 증언을 귀담아 들어볼 필요를 느낀다. 민관식은 원래 강직한 야당 국회의원으로 자유당 독재시절에 홀로 민주당과 무소속으로서 야당을 고수하며 서울 동대문구에서 연속 당선됐던 사람이다.

그는 정치인으로서도 성공적인 삶을 살아왔음에도 불구하고 스스로 '낙제생' 이라는 제목의 저서를 통하여 자신을 반성하고 사회에 경종을 울림으로서 장안의 지가를 올린 일도 있는데, 그것은 요즘 식으로 표현하면 '열린 마음' 을 가졌기 때문일 것이다. 현재 88세의 비교적 높은 연세인데도 스스로 '젊은 오빠' 를 자처할 정도로 여유롭고 건강한 생활을 유지하고 있다. 그가 지난 6월 9일 '상지학원 상지대학교 진실 규명 설립자 학교 찾아주기 운동본부' 에서 기자회견을 한다는 소식을 접하고 "그 문제 같으면 내가 증언을 해야 한다"고 하면서 자진해서 단상에 오른 것은 많은 기자들의 관심을 끌기에 충분한 일이었다.

민관식이 문교부 장관을 맡은 것은 1971년이다. 1974년에 그만둘 때까지 3년 4개월을 재임한 것은 문교부장관으로서는 지금까지 최장수 기록이다. 국가의 백년대계를 책임지고 인재양성에 골몰해야 하는 문교부 장관(현재 교육부)이 1년에도 두어 번씩 바뀌는 바람에 골탕을 먹는 것은 학생과 국민뿐이라는 원성이 자자해도 끄떡하지 않는 풍토 하에서 3년 4개월은 경이적인 기간이 아닐 수 없다.

그는 취임하자마자 폐지된 한자교육을 복원시켰다.

어문일체의 교육에 한자교육이 빠지면 결국 절름발

이 교육이 될 수밖에 없다는 지론을 가진 그는 우리나라 언어의 기둥이 되어 있는 한자를 폐지한 것은 학문의 질을 저하시키는 것으로 보고 과감히 한자교육을 복원시킨 것이다. 당시 상황에 대해 반대도 많았지만 찬성이 더 많았다고 회고하고 있다.

그 외에도 교원들의 처우 개선을 위해서 피폐한 교육재정을 확보하고, 예전이나 지금이나 똑같은 학생들의 입시전쟁을 완화할 수 있는 방안을 모색하는 등 문교행정에 끼친 그의 기조정책은 오늘날까지도 연면히 이어지고 있다.

이러한 업적을 공식적으로 인정받은 것은 1985년이다. 장관직을 물러난 지 10년만에 뜻밖에도 조선일보사에서 주관하여 전문가와 독자들이 합동으로 뽑은 '최고의 문교부 장관'에 선발된 것이다. 그가 문교부 장관으로서 소신껏 정책을 펼 수 있었던 것은 임명권자인 박정희 대통령이 다른 참모들의 속삭임에 귀를 기울이지 않고 믿어주었기 때문에 가능했던 것이라고 스스로 밝히고 있다.

원주대 폐교 후 청와대에서 대학 신설 지시

민관식이 장관이 되어 맨 처음 닥친 시련은 원주대학의 폐교였다. 원주에 있는 1군 사령부의 장병들이 대부분인 야간대학이 재정난을 이기지 못하고 폐교한 것은 갓 장관에 취임한 민관식에게는 큰 충격이었다. 지금 시각으로 보면 재정을 확보하지 못 하는 대학 하나쯤 없어진다고 해서 눈 하나 깜짝할 장관이 없겠지만 1972년도만 하더라도 대학의 숫자가 1백 개도 안 되는 상황이었다.

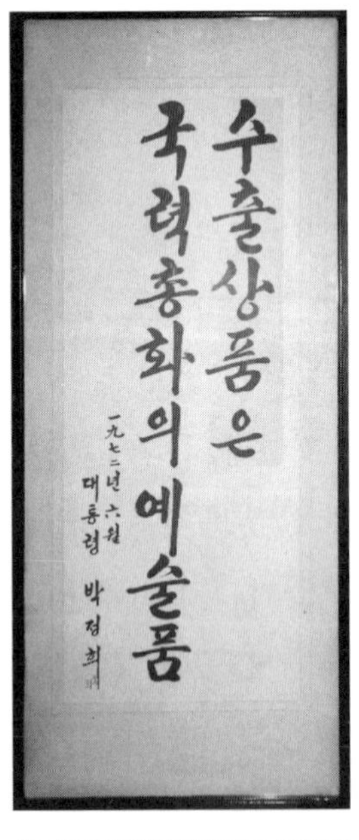

수출산업탑상을 받은 김문기 사장에게 고 박정희 대통령이 격려한 친필 휘호

더구나 군사정권의 한계를 지니고 있는 박정희 정부에서 새로 만들지는 못할망정 있던 대학이 문을 닫는다는 것은 장관의 능력과도 직결될 수가 있는 일이었다. 더구나 1군사령관 한신 장군의 군 내외에 미치는 영향력은 만만한 것이

아니었다. 그는 청와대에 직접 원주대가 없어졌으니, 원주에 국립대학을 세워달라고 압력을 행사하였다.

국가의 간성으로 최일선을 책임지고 있는 1군 장병들의 향학열을 살리는 것은 사령관으로서 군의 사기를 올리는 일이기도 했다. 청와대는 재정 형편상 조그마한 시골에 불과한 원주에 국립대를 설립할 처지가 아니었기 때문에 민관식 문교에게 이 문제를 일임했다. 당시 경제기획원장관인 태완선과 예산실장 최동규의 '재정상 국립대 불가'를 확인받은 다음 나온 조처였다. 그러자 박정희 대통령이 직접 "원주에 새로운 대학을 설립할 독지가를 찾으라"는 지시를 내렸다.

누가 감히 이 영을 어기겠는가. 그는 우선 강원도 출신의 정계, 재계의 거물인사들의 명단을 리스트업 했다. 가장 먼저 오랜 친구인 김진만을 찾았다. 그는 당시 공화당의 재정위원장을 맡고 있는 거물이었다. 또 석탄을 캐내어 큰 부를 이룬 강원탄좌 정인욱과 시멘트 산업으로 당대의 재력가가 된 대한양회 이양구도 만났다.

그들이 문교부와는 별 인연이 없다는 것을 잘 알고 있는 민관식은 청와대와 경제부처 장관들까지 동원하

여 한편으로 설득하고 다른 한편으론 애원하면서 원주
에 대학을 설립해 줄 것을 사정했다. 그들의 고향이
강원도이고 사업기반도 공교롭게 모두 강원도에 있었
기 때문에 어지간하면 말이 통할 것으로 보았던 것이
오판이었다.

경제인들의 눈은 달랐다. 한참 잘 뻗어나가고 있는
사업이 얼마든지 많은데 구태여 막대한 자금만 투자하
고 회수할 방법이 막연한 사립대학을 만들고 싶은 생
각이 전혀 없었던 것이다. 참으로 난감했다. 그 때나
지금이나 육영사업이라는 것은 출중한 사명감이 없는
사람은 아예 꿈도 꿀 수 없는 일이었다. 한때 우골탑
의 별명을 가진 사립대가 우후죽순 격으로 난립한 일
도 있지만, 기본적으로 '명예'를 지킬 수는 있어도
'돈'은 되지 않는 사업인 것은 분명하다.

김진만이 김문기를 추천하다

박대통령의 이름까지 거명하며 얼러도 보고 추슬러도 봤지만 백약이 무효였다. 기업인에게 돈과 관계 없는 투자를 하라는 것은 효력도 없는 약을 강제로 먹으라는 것과 같았다. 피곤을 모르던 민관식도 점점 지쳐갔고 하루가 멀다 하고 떼를 쓰던 한신장군도 기진맥진하게 되었다. 더 이상 비벼볼 언덕이 없었다. 그가 장관실에 멍하니 앉아 있는데 김진만이 찾아왔다.

행여 마음을 돌려 대학 설립을 하겠다고 찾아온 것으로 짐작한 민관식은 반갑게 맞이했다. 그의 입에서

1968년, 파고다 가구공예점이 있는 종로구 인사동에서 재경 강원도민회 현판식을 거행하였다. 좌로부터 김문기 전 의원, 김일환 도민회 회장, 이재학 국회부의장, 김월례 도민회부회장

"OK"가 떨어지기만을 기다리고 있는데, 전연 엉뚱한 말을 하였다.

"이봐, 민장관! 원주에 대학을 세울 만한 사람은 김문기밖에 없어. 민장관과도 친한 사람 아니야? 그에게 부탁해봐."

민관식의 뇌리에는 순간적으로 김문기의 얼굴이 크게 오버랩되었다. 그리고 머릿속에 이런 것들이 스쳐갔다.

'씩씩하고 당당한 체구에 겸손하기까지 한 그가 과연 그만한 돈이 있을까? 우리나라 가구산업을 한 단계 끌어올린 젊은 일꾼인 것은 아는데, 엄청난 돈이 드는 학교 설립을 할 정도인지 알 수 없고, 가구산업만도 벅찬데 육영사업까지 손대라고 하기에는 아직 시기상조가 아닐까?'

그러나 민관식에게는 남을 배려하고 머뭇거릴 여유가 없었다. 그는 당장 김문기를 만났다. 그는 마침 민관식의 선거구인 동대문구 숭인동(현재 종로구)에 오랫동안 살고 있었기 때문에 원래부터 잘 아는 처지였고, 더구나 지구당 부위원장을 맡고 있어 비교적 허물

김문기의 사업체인 파고다 가구 공예점의 매장 전경 처음 개업 당시의 파고다 가구 공예점(좌) | 새로 단장한 파고다 가구 공예점 전경(우)

없이 통사정을 할 수 있었다.

손사레를 치는 김문기

"김사장, 내 단도직입으로 부탁하겠소. 대단히 어렵겠지만 원주에 대학 하나 설립해주시오. 그에 따른 모든 지원은 아끼지 않겠소."

"예, 그렇게 하십시다." 이렇게 선뜻 나오리라고는 아예 생각하지도 않았지만 김문기의 반응은 너무도 차가웠다.

"저는 아직 사업을 더 해야 합니다. 미진한 사업을 놔두고 다른 일에 신경을 쓸 새가 없습니다. 더구나 학교사업은 저와 어울리지도 않습니다. 그 대신 장학금은 얼마든지 내겠습니다."

그럴 수밖에 더 있겠는가! 평생 가구사업만을 해왔고 가구산업협회 회장으로서 수출의 역군이 되어 있는 시점에 생소한 육영사업에 손을 대기는 매우 어려웠을 것이다. 그렇다고 이참에 김문기를 놓치면 더 이상 기댈 곳이 없었던 민관식은 아예 작심하고 밀어붙였다.

"김사장, 돈이라는 것은 벌어서 좋은 데 쓰라는 것 아니오? 김사장이 외지에서 큰돈을 번 것도 다 고향의 덕 아닙니까. 이제는 고향을 위해서 베풀어야 할 때가 된 것 같소. 눈 딱 감고 한번 결심하시오."

막무가내로 강권하는 민관식의 마음도 꼭 응낙을 받으리라는 것을 예상하고 한 것은 아니었다. '오직 남은 사람은 김문기밖에 없다. 그마저 놓치면 더 이상 얘기해볼 만한 사람도 없다.' 그리하여 필사적으로 강권하는 민관식의 완강한 태도에 김문기가 어느덧 누그러졌다. 마지막 수단으로 이미 박대통령께 보고한 사항이라고 윽박질러 항복(?)을 받아냈다고 해도 과언이 아니다.

어려운 결단을 내린 김문기에게 지금도 미안해

지금 생각해도 무리한 요구였다. 육영사업에 대해서는 꿈에도 생각해보지 않았던 김문기 사장에게 민관식은 무덤에 묻힐 때까지 미안한 마음을 갖고 갈 것이라고 말하고 있다. 더구나 학생 200명도 안 되는 대학을 종합대로 승격시킨 김문기의 끈기와 집념을 잘 아는 민관식은 김영삼정부가 들어서면서 상지대를 강제로 탈취당한 데 대하여 누구보다 가슴 아파하고 있다.

"그 때 내가 강권하지 않았다면 김박사가 저런 곤욕을 치르지는 않을 터인데 나 때문에 징역까지 살았다고 생각하면 그 미안함에 몸 둘 바를 모르겠다"고 자책을 하였다.

정부에 국립대학을 설립할 만한 돈이 없을 때였기 때문에 무리를 했다는 것을 당시의 문교부장관으로서 솔직히 털어놓았다. 그러나 일단 김문기가 하겠다고 나선 이상 일은 일사천리로 추진되었다. 우선 박대통령께 떳떳하게 보고할 수 있었고, 김문기의 희생적 결단력에 모두 안도하게 되었다.

특히 1군 사령부의 환영은 말할 나위 없었다. 2년 동안이나 중단되었던 학업을 계속할 수 있으리라는 희망이 사령부에 넘쳐흘렀다. 모두 기뻐했다. 눈곱만 했던 야간대학 원주대가 폐교된 뒤 오갈 데 없었던 군인 학생들은 먼지 쌓인 책을 털어내고 새 학교에 가게 되었다는 것만으로도 가슴이 설레였다.

더구나 새 대학은 튼튼한 재력가가 엄청난 투자를

하여 중부권의 명문으로 발돋움하게 되었지 않은가.
민관식의 증언은 끊일 새가 없다. 우리나라 대학교육
에 끼친 교육사업가의 커다란 공로는 일부 사학의 비
리 때문에 폄하되어서는 안 된다는 것을 강조하고 있
다. 일부 과격 세력이 이를 이용하여 대학의 경영권을
탈취하는 행동은 국가 발전에 암적 요소가 될 것이라
고 경고한다.

"상지학원 상지대학교는 어느 누가 뭐라 해도 김문
기가 설립한 대학이다. 인가를 해준 내가 그것을 확실
히 증언한다. 법원에서 재판을 하더라도 분명히 증인
으로 출석하겠다."

이것이 당시 문교부 장관이었던 민관식의 힘찬 증
언이다.

파행적 대학운영 11년

설립자를 젖히고 파행적 대학운영을 해온 지 어느 덧 11년이 되었다.

이것은 순전히 불법과 비법이 어우러진 상교협과 임시 이사들의 일방적인 향연에 불과했지만 어찌 되었 든 1만6천여 명(2004년 현재)의 상지대생들이 이들 의 볼모가 되어 10년 세월을 허송한 것을 생각하면 참 으로 안타깝다.

1993년 이후 학교를 운영해온 주체는 관선이사다. 그러나 그들의 위에 존재하고 있는 실권자는 상교협이다. 상교협은 임시이사들이 교육부에서 보내온 각계각층의 인물들로 구성되어 있어 실질적으로 학교를 장악하지 못하고, 또 학교 실정에 대해서도 정확하게 파악하지 못하고 있는 것을 이용해 사실상의 운영주체로 행세했다.

그들은 법인 사무국장과 학교 사무처장을 독차지하여 아무도 범접할 수 없는 시스템을 구축하고, ‘상교협 철옹성’을 쌓았다. 고등교육법 제15조에 따르면 교직원의 임무가 명확하게 구분되어 있다. 교원은 일반직과 달리 비록 사립학교 교원이라고 할지라도 국가공무원법 제2조 2항 2호에서 특정직 공무원으로 분류한다. 이것은 제2세를 가르치는 교원의 처우와 신분을 보장하기 위한 것임은 말할 나위가 없다.

따라서 그들은 일반직과 엄격히 구분된다. 그럼에도 불구하고 학교법인 상지학원의 정관을 임의로 고쳐 일반직 2급, 또는 3급 직원만이 보임되도록 되어 있는 것을 부교수 이상으로 엉뚱하게 개정하여 상교협 소속의 교수가 법인 사무국장을 겸임하고 있는 것은 고등교육법을 정면으로 위반한 행위가 아닐 수 없다.

이들이 정관을 개정한 것은 설립자 김문기를 추방

한 지 3년만인 1996년 8월 31일이다. 이러한 불법을 저지르고 있는 상지대 운영 실태를 감시하고 방지할 의무가 있는 교육부는 고등교육법이 공공연하게 유린되고 있는 줄도 모르고 정관 변경을 승인해 주었다. 이것은 교육부가 몰랐던 것이 아니라 알면서도 눈 감아준 것이며, 오히려 그들과 유착되어 장려하지 않았나 하는 느낌도 지울 수 없다.

임시이사들이 정이사를 선임하다니

상지대는 현재 임시이사들이 자신을 임명한 교육부에 반기를 들고 '정이사'를 선임하는 불법을 저질렀고, 이에 대응하는 교육부의 '정이사 선임무효 가처분 신청'과 행정소송이 이어졌다. 그런데 윤덕홍장관은 퇴임식이 거행되는 날, 정이사를 승인하는 결재를 했고, 2일 후에 소송도 취하하여 설립자와는 모든 관계를 끊어버리는 조처를 취한 상태에서 대학이 파행적으로 운영되고 있는 실정이다.

이것이 교육부의 불법적 정책 집행이라는 사실만은

아무도 부인할 수 없지만 이에 대해서는 법원에 사건이 계류되어 있어 정의로운 판결이 나오리라고 기대하고 있다. 이해 당사자간에 의견이 충돌할 때에는 어차피 법원의 판결에 매달릴 수밖에 없다. 문제는 임시이사들에게는 정이사 선출 권한이 주어지지 않는다는 사실이다.

이는 설립자의 대학 경영권 안에 포괄적으로 들어 있는 학교법인의 재산권과 민법상의 사유 재산권, 정이사 선임권, 그리고 건학이념을 유지할 수 있는 모든 권한을 근본적으로 유린한 행위로, 헌법정신과 사립학교법을 정면으로 위반한 것이다. 특히 그 결의 과정을 살펴보면 절차상 하자가 드러나 있다.

정이사회든, 임시이사회든 이사회를 개최할 때에는 반드시 7일 전에 회의안건을 통보하고 소집하도록 되어 있다.

그런데 2003년 12월 18일 소집된 상지학원 임시이사회는 이러한 정관상의 절차를 밟지 않고 소집되었을 뿐더러 가장 중요한 안건인 정이사 선임에 관한 문제를 알리지도 않고 긴급안건으로 당일 처리한 것은 있을 수 없는 일이다.

더구나 강원도에 소재한 대학교의 운영주체를 선임하면서 정이사의 출신지가 9명 중 5명이 영남출신이라는 사실은 어느 누구도 납득하기 어려운 일이었다. 물론 대학의 소재지가 어떤 곳에 있더라도 특정 지역 출신의 신분이 법적으로나, 사회적으로 비난받을 일은 아니다. 하지만 상지대는 설립자를 몰아내고 불법적으로 교육부에 의해서 임시체제를 유지해왔던 대학이 아닌가.

강원도민과 원주 시민들은 상지대를 강원도가 낳은 대기업인 김문기가 설립했다는 것을 큰 자랑으로 여기고 있었으며, 언젠가 그가 다시 복귀하여 명문대학으로 이끌어 줄 것을 굳게 믿고 있었기 때문에 엉뚱하게 타지 출신들이 대부분의 이사진을 차지하자 내적인 불만을 감추지 않았다.

특히 정이사 선임에 설립자를 철두철미하게 배제하는 것은 있을 수 없는 불법임이 다른 대학과 비교해 보면 확연히 드러난다. 상지대와 똑같은 처지가 되었던 단국대학교의 경우 정이사 선임에 장충식 설립자가 3인, 교육부 3인, 교수협의회 1인, 동창회 2인을 각각 추천했으며, 서원대학교는 최완배 설립자가 7인을 추천하고 교육부 1인, 도지사 1인으로 합의되었다.

그런데 유독 상지학원에 대해서만 설립자를 제외함으로써 스스로 불법을 자초하고 있는 것은 '상지대 탈취'의 음모가 적나라하게 드러난 것이 아니고 무엇이겠는가! 주인 없는 대학을 이끌어가기 위해서 김문기가 마련했던 학교의 재산을 임의로 처분하기로 하고, 300억 원의 기금으로 시민대학을 만들겠다고 하면서 '국고보조'를 요청하는 것도 모순의 극치라고 하겠다.

학교를 빼앗은 후 교수채용 부정 저질러

설립자를 밀어낸 후 학교 운영을 책임진 임시이사진은 상교협의 꼭두각시가 되어 이리 흔들리고 저리 쏠리면서 그들이 하자는 대로 따라다녔다.

그러다보니 상교협에 입회하지 아니한 교수들은 정신적·물리적 압박을 받을 수밖에 없었고, 자칫하면 재임용에서 탈락되는 수모를 겪기도 하면서 심한 스트레스에 시달렸다. 이처럼 편파적인 부당한 인사관리의 실태를 실례로 살펴보는 것도 상지대 사태를 이해하는데 많은 도움이 될 것이다.

대부분의 대학에서는 엄정한 심사를 거쳐 적격한 인사를 교수로 채용하는 시스템을 갖추고 있다. 고도의 지식과 교육적 사명감을 가진 교수 지원자 중에서 가장 적당한 인물을 찾아낸다는 것은 어려운 것 같지만 실은 시스템대로만 시행하면 어려울 것이 하나도 없다.

교수를 제대로 뽑아야 학교가 발전하는 법인데 심사위원들은 자신들의 기준으로 잣대를 들이대는 통에 부정이 생기고 무자격자가 뽑히는 일이 발생하는 것이다. 1997년도에 있었던 국제통상학과 교수초빙 사건의 부정사례를 보자.

국제통상법이나 상사중재를 전공한 국제통상학과의 교수초빙 지원자는 당연히 그 동안 발표된 논문의 내용과 편수를 살피고 전공 심사를 거쳐 적격자를 추려내야 한다. 그런데 21명의 지원자를 심사하는 과정에서 부총장, 기획처장 등 대학의 중요보직을 맡고 있던 상교협의 대표들이 직접 경력심사에 참가하였다. 자신들의 뜻에 맞는 인사를 채용하기 위해서였다. 그들은 법학을 전공한 지원자들을 고의적으로 제외시키는가 하면 전공도 하지 않은 '국제통상'을 슬그머니 추

가로 써넣어 경력심사와 면접심사에 유리하도록 평가
점수를 조작하여 최고 득점자가 최하위로 전락하고,
탈락된 자가 적격자로 추천되는 웃지 못할 사태가 벌
어졌다.

더구나 국제통상법을 전공하여 박사학위를 획득한
국제변호사 자격증 소지자를 초빙분야와 전공이 일치
하지 않는다는 이유로 탈락시킨다. 이런 엉터리 심사가
세상 어디에 있단 말인가.

국제통상법 전공교수를 뽑는다면서 그 분야에서 학
위를 갖고 국제변호사 자격이 있다면 그보다 더 적격한
사람이 어디 있겠는가. 그를 대신하여 추천된 사람은
엉뚱하게도 정치학을 전공한 사람이니 아무것도 모르
는 학생들만 자격이 모자란 교수에게 배워야 하는 가련
한 신세가 되고 말았다. 이런 식의 교수채용은 교육부
에서도 부정 비리의 대표적 사례라고 지적하고, 2003
년 10개 국립대학교를 상대로 감사에 들어갔다. 그리고
엄중한 문책조치를 취하였으나 어찌된 셈인지 상지대
만은 무풍지대로 남아 있다.

임병천 교수 해직과 복직, 재임용 탈락

독일에서 경영경제학을 전공하여 박사학위를 가진 임병천교수는 김문기 설립자가 학교를 운영할 때 채용된 사람이 아니다. 그는 상지대가 분규에 휩싸여 있을 즈음 김찬국이 총장으로 재임 중 초빙되었다. 따라서 그의 기본 성향은 학교 운영주체들과 한 패거리가 되어 어울리는 입장이었지만 원래 타고난 정의감 때문에 '입바른 소리'를 하다가 미운 털이 박혀 해직과 복직, 그리고 재임용 탈락이라는 엄청난 피해를 입고 있다. 1995년도에도 상교협 회의에서 비위에 거슬린 발언을 했다는 이유로 상교협 대표들이 연구실을 박살내고 서적과 연구자료를 모두 물통에 처박는 만행에 시달려야 했다.

그는 앞서 밝힌 국제통상학과 교수초빙 심사를 맡았을 때부터 상교협의 비리를 눈앞에서 보게 되었다. 그도 그들이 하자는 대로 따라 하기만 했더라면 개인적인 피해를 입을 필요도 없었고, 오히려 보직교수가 되어 희희낙락할 수도 있었을 것이다. 그러나 그는 달랐다. 법에도 없는 시민대학을 추진하는 등 원칙과 정도를 무시한 상교협의 불법 비리를 눈 뜨고 볼 수가 없었다.

더구나 자기의 전공분야와 관련된 교수를 초빙하는 데 명분과 조건이 타당하지 않다는 임병천의 날카로운 지적은 교수들 사이에서도 인정을 받았다.

그것은 2000년 계량경제학 전공분야 교수초빙에서 비롯된다. 이 분야에는 이미 재직중인 교수가 있었다. 문제는 학생들이 계량경제학을 공부하려고 하지 않는 다는 데 있었다. 아무리 훌륭한 교수가 있다 한들 무슨 소용이 있겠는가! 배워야 할 학생들이 외면한다면 꿔다놓은 보릿자루처럼 한쪽 구석에서 웅크리고 앉아 눈치나 봐야 할 신세가 되지 않겠는가.

그럼에도 불구하고 계량경제학을 전공한 교수를 초빙하는 채용광고가 나갔는데, 여기에는 특별한 세부 조건이 제시되었다. 이는 미리 뽑을 사람을 정해놓고 그 사람의 조건에 맞는 조건을 제시함으로써 다른 사람이 끼여들 빌미를 사전에 막아버리는 전형적인 비리의 수단이 아니고서는 있을 수 없는 일이었다. 이에 대하여 임병천이 이의를 제기하자 총장 한완상도 동의를 하고 일부 경제학 전공교수들도 채용계획의 부당성을 지적하는 상황으로 번져나갔다. 일이 여기에 이르자 계량경제학 교수를 채용하려는 쪽에서 임병천을 물리적으로 제압하려고 했다. 임병천은 이에 굴하지 않고 교내 인터넷 게시판에 이 사실을 알리며 대안을 제시했지만 그에게 돌아온 것은 제명처분과 함께 집단폭행이었다.

그 후 2001년 4월, 임병천은 부당한 해직 통보를 받는다. 그러나 교원징계심사위원회에 재심을 청구하여 같은 해 7월 복직 결정이 되었으나 8월 말경 '교원품위저촉' 등의 사유로 재임용 결정에서 탈락하는 수모를 겪게 되는 것이다.

교육부 감사에 걸린 교수채용 부정실태

상지대에서 설립자가 물러나고 임시이사들이 들어선 다음 상교협의 위세가 하늘을 찌를 듯 대단했다는 것은 앞에서 이미 살펴본 바와 같다. 그리고 자파 세력을 확장하기 위해서 자격이 없는 교수를 최고의 적격자인 양 조작하기도 하고, 정당한 자격자를 깎아내림으로써 전반적인 부정의 굿판을 벌였다.

그 실태에 대한 교육부의 감사가 진행된 결과 첫번째로 1994년도 전반기 교수채용에서 전공과 경력 및 면접심사에서 탈락한 사람과 교원인사위원회 심의 결과 부결된 자 등 무려 4명이 부당하게 임용되었음이 드러났다.

게다가 교수를 채용함에 있어 필수적인 객관적인 심사기준도 정해 놓지 않고 주먹구구식의 경력, 면접 심사가 이뤄져 주관적인 정실이 개입했다는 의혹을 면할 수 없게 되었다.

또 모집계획인원이 신문에 공고되었다는 것은 예산과 교육지침이 정해져 있음을 뜻하는 것임에도 불구하고 이를 자기들 마음대로 무시하고 임용했다는 것은 대학이라는 공익기관을 상교협의 주머니 속의 물건처럼 넣었다 뺏다 하는 부정의 실상을 낱낱이 보여준 것이라고 볼 수밖에 없다.

더구나 사회학 전공의 여자교수를 그의 남편과 함께 같은 날짜에 동일학과에 부부교수로 임용한 것은 우리 대학 사상 드문 사례로 보인다. 더욱 우스꽝스러운 일은 해당학과에서는 새로운 교수를 충원해야 한다는 요구를 하지 않았는데 상교협이 알아서 충원해줬다는 것은 관례상 있을 수 없다는 의심을 자아내게 한다.

교육부의 감사에서 적발된 부정에는 전공, 경력, 면접심사에서 난관을 돌파하고 합격한 사람을 제치고 이런 심사를 거치지 않은 사람이 임용된 전형적인 부정의 사례도 있다. 그들은 '임용제청권자의 재량' 이라는 전대미문의 이유를 내세우고 있지만 이는 시험도 치르지 않은 학생을 '합격' 시키는 것과 똑같은 가장 큰 비리가 아닐 수 없다는 것이 교육부의 설명이다.

이러한 부정의 실태를 교육부에서 낱낱이 파악하고도 아직까지 아무런 조처를 취하지 않고 있는 것은 상지대와 교육부가 상호 유착관계에 있지 않은가 하는 의심을 고조시키는 대목이다.

이에 대하여 임병천은 2002년 2월 당시 부총리 겸 교육부장관인 한완상 전 총장과 강만길 현 총장 등 관련교수 10명을 부패방지위원회에 고발했다. 한 사람의 양심을 가진 교육인으로서 대학 당국의 무소불위한 교수 채용부정 및 은폐행위를 두고 볼 수만은 없었기 때문이다. 그러나 부방위는 이 사건을 교육부에 이송했고 현재까지 교육부는 꿀 먹은 벙어리 노릇을 하고 있다.

한완상 전 총장

한편 상지대 측은 교수채용부정을 은폐할 목적으로 법인 직원 3명이 허위내용의 답변을 하고 있으며 문서 기록은 이미 폐기되었다고 하면서 자료 제출을 거부하고 있는 실정이다.

이와 관련된 소송이 벌어지자 증인으로 출석한 김 모 교수는 허위진술을 일삼다가 모해위증죄로 고소를 당했다. 그런데 경찰과 검찰에서 이를 혐의 없는 것으로 결정했으나 항고를 받은 서울 고등검찰청에서 수사재기명령을 내려 다시 엄중한 조사가 진행중이다.

상교협과 비상교협 교수들의 명암

위에서 살핀 대로 상지대의 운영이 방만하게 흐르고, 부정이 판을 치게 된 것은 학교법인과 대학의 사무처를 상교협의 핵심 인물들이 장악한 데 따른 필연적인 결과가 아닐 수 없다. 이들은 교내의 모든 보직을 독점했다.

단과대 학장은 물론 대학본부, 부속기관장, 부설연구기관의 장, 교원인사위원회위원과 교원징계위원회위원까지도 상교협이 차지하여 점령군처럼 행세했으며, 이사회는 로봇화하고 말았다. 이에 대항하여 비상교협 교수들은 '평교협'을 만들었으나 바른 소리를 하다가 된통 서리를 맞고 교수 목이 떨어졌다 붙었다 하는 수모가 반복되었으니 양심적인 교수들의 설움이 얼마나 컸겠는가?

그 대표적인 실례 몇 가지만 들어보자.

한의학과 류희영 교수는 김모총장의 퇴진을 요구하는 교수들의 성명에 동조했다는 이유로 1996년 3월 1일 재임용에서 탈락했다. 그러한 행위가 교원품위유지에 저촉된다는 것이었다. 경제학과 배근후 교수는 김모총장의 해임징계위원이었다는 것이 문제가 되어 역시 1998년 2월 28일 '교원품위저촉'으로 재임용에서 탈락되었다.

경영학과 김모 교수 역시 총장 해임징계위원이었다는 것이 문제되어 재임용에서 탈락했지만 1996년 재임용 탈락은 위법이라는 대법원의 최종 판결을 받았다. 그러나 강의 배정에서 제외된 끝에 1998년 다시 재임용 탈락했다.

교양과 김동천 철학교수는 "교육부의 철저한 감독

과 사법당국의 엄정수사를 요구한다”는 광고를 냈다가 1999년 2월, 파면되었으나 재심청구를 통하여 “허위광고가 아니다”는 판정으로 복직이 결정되었다. 교원인사위원회는 2002년 2월 19일, 재임용 여부에 대한 무기명 비밀투표에서 5대 4로 재임용이 결정났다. 그러나 갑자기 다음날인 2월 20일, 인사위원 9명 중 6명만 참석하여 만장일치로 탈락시킨다. 자유당 시절, 사사오입 개헌과 비슷한 엉터리 의결이었다.

이러고도 민주대학의 기치를 내세울 수 있단 말인가.

설립자가 예치해 둔 241억은 어디로 갔나?

상지대는 1989년 종합대학교로 승격되었다.

명실공히 중부권의 명문으로 자리잡을 수 있는 기틀을 마련한 것이다. 1974년도에 설립된 이후 열악한 지방 환경을 딛고 일어나 굳세게 성장한 대학의 면모가 드디어 인정을 받은 것이다. 종합대학교로 발족하는 기념식장은 문자 그대로 인산인해를 이뤘다. 교육부를 비롯한 전국의 관계자들과 강원도가 총동원되다시피 한 축제일이 되었다.

이 날 가장 감격스러워한 사람은 어느 누구보다도

설립자인 김문기박사였다. 20대의 젊은 나이에 남들보다 앞서 시작한 가구사업으로 돈은 벌었지만 뚜렷한 인생의 목표를 내세워 어디에 내놓아도 부끄럽지 아니할 육영사업의 문턱을 넘어서는가 생각하니 그 감회가 남달랐다.

그는 기념사를 통하여 만천하에 선언했다.

"상지대가 비록 강원도 산골에 자리잡고 있다고 하더라도 세계에 자랑할 만한 유수의 대학으로 발전시킬 것을 약속하며 그렇게 될 때까지 나의 모든 것을 바칠 준비가 되어 있다."

이 약속을 지키는 첫 걸음으로 학교발전기금 241억을 확보하여 당시 예금 금리가 가장 높았던 제일상호신용금고에 141억을 정기예금으로 예치하고, 언제든지 인출이 가능한 보통예금으로 100억을 예치했다. 1993년도 상지대 총예산액이 151억에 불과했으니 241억이 얼마나 큰돈이었는지 짐작할 수 있을 것이다.

다른 대학들의 재무상태가 좋지 않았던 현실에 비춰보면 채무가 전연 없도록 상지대의 재정을 확보하고 있었던 김문기 재단 이사장의 경영능력은 가히 CEO의 대표적 사례로 볼 수 있다. 그런데 기상천외한 일이 벌어졌다.

알토란같은 241억이 불과 1년 사이에 모두 연기처럼 사라져버린 것이다. 김문기가 구속되어 손을 떼고 있는 사이에 임시이사가 파견된 상지대는 상교협의 독판 무대나 다름없었다. 보직 교수들의 행동을 통제하고 감시해야 할 임시이사들은 거꾸로 상교협의 방패역할에 더 충실했으며 이런 상태에서 상교협을 효과적으로 통제할 아무런 기구도 없었다.

1993년 4월 15일부터 1994년 8월까지 정기예금이 전액 인출되었다. 돈이 들어오고 나가는 것은 확실한 명분이 있어야 한다. 매일 매일 정기적으로 빠져나가는 잡다한 경비를 제외하면 굵직한 지출은 공사대금이 가장 크다. 그런데 별다른 시설공사 한 건 없었는데 돈은 어디로 갔단 말인가. IMF가 왔을 때 우리 정부에서는 기업들의 자금난을 덜어주기 위하여 200조 이상의 공적자금을 풀었다. 공돈(?)이 들어온 기업에서는 그 자금으로 회사를 살릴 궁리는 않고 흥청망청 써버렸다. 위기에 배를 불린 자는 따로 있었다.

상지대도 똑같았다. 무책임하고 방만하기 짝이 없는 대학운영이 지금까지 10년 간 계속되다보니 이제는 600억 정도로 커진 1년 예산을 무슨 수로 감당할 것인지 막막하게 된 것이다. 시민대학을 만들겠다고 하면서 불법적인 정이사 체제를 출발시켰지만 재단 이사라는 사람들이 단 한 푼이라도 내놓겠다는 각오를 피력한 일이 있는가. 애꿎은 학생들의 주머니만 들여다보는 학교의 실태를 학생들도 모르고 있으니 답답하기만 하다.

토지 비싸게 사고 배임 횡령 잇달아

임시이사체제가 들어섰으면 모든 운영은 이사회의 결의에 따라야 한다. 그런데 1994년 초, 학교에서는 이사회 의결도 거치지 않고 29억짜리 토지를 매입하였다. 원주시 우산동 산52-1 소재 임야 (19,240m²) 다. 토지를 매입하려면 학교의 부속건물을 짓거나 운동장 등 특별한 용도가 있을 때 구입하는 것이지 불요불급한 것은 우선순위에서 빠지는 법이다. 그럼에도 불구하고 상지대 운영자들은 29억에 계약을 체결한 지 3일만에 전액을 지불한다.

번갯불에 콩을 볶아 먹어도 이보다 빠를 수는 없었다. 더구나 큰 거래에서는 반드시 거쳐야 할 수순이 있다. 그 지역의 거래 실태를 조사하고, 시가를 감정해야 하며, 등기부 등본과 토지대장 및 도시계획 등 공부상의 사실 확인을 하는 것은 가정집을 사고 팔면서도 꼭 해야만 하는 기본이다. 또 가압류 등 다른 사람의 권리설정도 해지하지 않고 서둘러 토지대금 전액을 지불했다는 것은 암거래에서나 있을 법한 일 아니고 무엇인가.

교육부와 감사원에서는 이 문제를 감사한 결과 한국감정원의 감정평가보다 무려 18억이나 비싸게 거래되었다는 것이 드러났다. 당연히 관련자들에게 손해보전 조치를 하도록 처분지시가 있었으나 아직껏 이행되지 않고 있다. 이에 대해서는 당연히 형법 355조에 의한 배임죄를 물어야 함에도 어찌된 영문인지 흐지부지되었고 교육부에서도 관련자들에 대한 해임요구, 임시이사들의 임원취소처분 등을 해야 할 것인데 모른 척하고 있다.

상급기관의 처벌이 솜방망이에 그치자 상교협은 고삐 풀린 말처럼 날뛰기 시작한다. 그 동안 동창회 등

에서 사직당국, 감사원, 부패방지위원회 등에 고소 고
발을 진정한 것만 봐도 입을 다물 수 없다.

경리주임은 교비를 횡령했고, 상지대 부속한방병원
의 돈을 법인으로 전입하여 부당 사용하고, 임시이사
장과 법인사무국장에게 매월 판공비를 불법 지출하는
등 찔끔찔끔 빼먹는 수법도 가지가지다. 법인카드를
남발하여 사용하거나 해임된 직원과 재임용에서 탈락
한 교수에게 특별위로금을 주고 총장의 개인 소송비를
교비로 지급하는 등 불법 지출의 사례는 열거하기조차
어렵다.

1992년 상지대 부속한방병원이 드디어 문을 열었다.

총동창회의 간절한 희망

대체적으로 학교의 역사는 그 학교를 졸업한 동창들로부터 시작한다. 졸업생 중에서 똑똑한 사람이 많고 사회적으로 영향력을 갖추고 있으면 그 학교는 발전의 기초가 있다고 봐야 한다. 상지대도 마찬가지다. 김문기가 처음 학교를 설립했을 때 받아들인 학생의 수는 불과 100여 명에 불과했다. 그들 중에서 졸업생은 60여 명이다. 그들이 지금은 모두 유수한 사회적 일꾼으로 활약하고 있으며, 모교의 분규에 대해서 가장 가슴 아파하고 있다. 제1회 졸업생이 60여 명인데,

지금은 수천 명의 동창생이 매년 태어나고 있으니 금석지감이 들지 않겠는가. 그런데 한없이 뻗어가야 할 모교가 언제 난파할지 모르는 위험한 항해를 하고 있다고 생각하면 자다가도 벌떡 일어나는 사람들이 동창회원 아니겠는가.

그들은 10년 세월 동안 해결되지 않고 있는 모교의 운명을 어찌해야 할 것인지 만날 때마다 고민을 거듭했다. 교육의 불모지였던 원주 땅에 전 재산을 던져 상지대를 설립한 김문기 이사장은 그들 초창기의 동문들에게는 부모나 다름없는 존재였다. 엄청난 유학비용을 들여 서울 등지로 나가기에는 그 당시의 경제사정이 허락하지 못할 때였다. 그 때 혜성처럼 빛을 준 사람이 김문기 아닌가. 원주를 비롯한 강원도의 인재들이 타지에 가지 않고도 대학교육을 받을 수 있게 된 것이다.

따라서 김문기 이사장에 대해서는 남다른 애정을 갖고 있는 것이 틀림없지만 그렇다고 해서 맹목적으로 그를 지지하는 것은 아니라는 점을 분명히 하고 있다. 총동창회가 기대하는 것은 오직 모교의 발전과 융성에 있다. 그리고 명문사학의 역사와 전통을 이어나가는 것뿐이다. 그러기 위해서는 학교에 튼튼한 재단이 있어야 함을 강조한다. 재단이 없거나 약하면 오직 학생들의 등록금에만 의존해야 하는데 그것만으로는 인건비도 충당하기 어렵다는 것이다. 새로운 시설을 꾸미거나 많은 자료를 준비하는 등 대학이 제대로 된 연구 목적을 실천하려면 엄청난 돈이 들어가게 되어 있다. 이를 감당할 재단이 존재하지 않고서는 학교는 제자리걸음도 할 수 없다는 것이 총동창회 측의 주장이다. 교육부가 10년 세월을 허송하고 겨우 한다는 일이 불법적으로 사유재산을 탈취하는 야만적인 정이사 체제의 승인밖에 달리 방도가 없느냐고 분통을 터뜨리는 동문들의 얼굴에는 분노의 기색이 역력하다. 김문기 이사장에 대한 터무니없는 중상 모략은 이미 대법원 판결로 그 결백이 드러났기에 더 이상 강조할 필요도 없으며 당연히 설립자에게 학교를 돌려줘 어려움에 처한 상지대를 구해야 한다는 것이다.

특히 법에도 없는 시민대학으로의 전용은 동창생 대부분이 반대한다고 한다. 그것은 멀쩡한 모교가 이 세상에서 사라지는 것 같다는 묘한 심리적 압박으로 작용하고 있으며 정체불명의 시민대학은 오직 불안감

을 조성할 뿐이라는 동창들의 호소는 귀담아 들어야
할 필요성을 느끼게 한다.

왜 김문기의 복귀를 지지하는가!

상지대가 소재하고 있는 강원도에서는 임시이사들
이 법인을 운영하면서 발생된 제반 문제점이 매우 심
각하다는 데 인식을 같이하고 이를 해결하기 위한 독
자적 모임을 만들었다.

이름하여 '상지대학교 정상화 범시민추진위원회' 다.
그들은 강원지역 유지들과 도의원, 시의원 등을 비롯
하여 많은 시민들이 동참하고 있다. 상지대 정상화 위
원회는 학교를 책임지고 운영할 수 있는 인사는 오직
김문기 전이사장밖에 따로 있을 수 없다는 결론을 내
리고 그를 복귀시켜야 한다는 지역주민들의 서명운동
을 전개하여 무려 13만여 명의 지지 서명을 받았다.

그들의 주장은 첫째 지역발전을 이룩하려면 대학의
재정이 풍부하여 많은 행사를 유치하고 외지에서도 유
입되는 학생들의 숫자가 늘어나야 하며, 둘째 재투자

원주천 고수부지에서 상지대 정상화 시민 궐기 대회가 개최되고 있다.

를 할 수 있는 재력이 있는 인사가 재단을 맡아야 하는데 그럴 만한 인사는 김문기 이외에는 눈을 씻고 찾아봐도 없다는 것이다.

더구나 김문기가 복귀하면 새로운 학교로 탈바꿈하기 위한 엄청난 재투자가 이뤄질 것으로 기대하고 있는 것이다. 실제로 김문기의 재력과 경륜이 그것을 담보하고 있다고 보여지는 것도 그의 삶의 과정에 비춰볼 때 충분히 가능한 일일 것이다. 총동문회에서는 김문기 재단이사장의 복귀 당위성을 다음 세 가지로 지적한다 .

첫째 누구보다도 대학에 대한 애정이 깊다. 그가 복귀하면 책임경영을 실현하여 살아남기 위한 구조조정과 강력한 리더십으로 구성원들을 화합시켜 대학 발전에만 총력을 기울일 수 있다.

둘째, 현재 대학이 안고 있는 각 분야의 한계를 극복할 수 있다. 대학 캠퍼스 내에 있는 김문기 설립자의 사유지가 자연스럽게 재단에 편입되고, 교사와 연구실 신축 등 세계화 추세에 걸맞은 대학발전의 비전이 보인다.

셋째, 현 이사들은 대학에 투자할 여력이 없을 뿐더러 있다고 해도 투자할 사람들이 아니다. 그들의 입장은 지나가는 나그네와 같을 뿐이다. 결국 해마다 인상하는 학생들의 등록금만 쳐다봐야 하는데, 이는 학교를 죽이는 길이다. 따라서 재투자 의지를 분명히 밝히고 있는 김문기 전이사장만이 유일한 대안이다.

총동문회는 외치고 있다. 상교협은 본업인 연구활동과 학생지도에만 전념하고 학교운영은 설립자에게 되돌려 상생과 윈-윈으로 나가라고.

총장직무대행도 학교 출입 못해

김문기 이사장이 구속되었을 때, 당시의 총장 직무
대행은 박재우 교수였다. 1989년도에 종합대로 승격
한 후, 초대 총장으로 취임한 사람은 양석호 박사였
으나 분규가 발생하기 전에 박재우 직무대행으로 교
체되었다.

양석호와 박재우는 학식과 덕성을 겸비한 분들로
학교 발전을 위해서 희생적으로 일했으며, 상지대의
초석을 쌓은 사람이다. 이럴 즈음 청천벽력으로 재단
이사장이 구속되고 교육부에 의해서 관선이사가 파견

되었으니 학교를 아끼는 모든 사람들의 가슴은 시커먼 숯덩어리가 되고 말았다.

1993년 6월 4일, 재단 정이사가 모두 승인 취소되고 관선이사장으로 교육부 차관을 역임한 김상준이 취임하자 임시이사회는 긴급이사회를 열고 장광수박사를 총장직무대행으로 선출한다. 장광수는 경기도 평택 출신으로 동국대학교에서 경영학 박사학위를 획득했으며, 1979년도에 상지대 교수로 초빙되어 상지대 초창기의 역사를 누구보다도 잘 아는 산 증인이다.

그러나 이 과정에서 상교협의 행패는 극에 달했다. 김문기가 구속되었을 때만 해도 학교 내에 큰 문제는 없는 듯했다. 이사장 한 사람만 고생하고 나오면 학교는 원래의 시스템대로 운영되어 아무런 말썽이 없어야 정상적일 것이었다.

그런데 재단을 파괴하고 새로운 체제를 구축하려고 이미 결심을 굳히고 있는 일부 과격 교수들은 박재우 총장직무대행을 핍박하기 시작했다. 교무처와 학생처는 일부 사주를 받은 학생들에 의해서 점거되고 학사 운영은 마비되었다.

박재우대행은 집단폭행을 당한 끝에 실신하여 상지

대 한의대부설 한방병원에 입원했으나 상태가 위급해져 경희대병원으로 앰뷸런스에 실려가는 불상사까지 벌어졌다. 이는 학교를 분란에 빠뜨려 교육부로 하여금 관선이사를 파견할 수 있는 빌미를 만들고자 획책한 상교협의 간교한 작전이었다.

이들의 작전은 맞아떨어졌다. 김문기 이사장을 대신하여 직무대행을 맡았던 박재승이사와 박재우 총장대행은 이러한 공포 분위기 속에 더 이상 버틸 힘이 없었다. 결국 임시이사가 파견된 후 사의를 표하고 2개월 간의 장광수 대행시대가 열리게 되었다.

장광수의 총장직무대행은 정확히 1993년 6월 24일부터 8월 30일까지 두 달 남짓 수행했다. 주인 잃은 집처럼 쓸쓸하기만 한 상지대는 상교협과 그들의 사주를 받는 일부 과격학생들의 난동에 의하여 엉망이 되어 있었다. 건물 곳곳에 시뻘건 글씨로 내려쓴 플래카드가 나부끼고, 대자보로 도배질된 벽보판은 3류극장의 선전간판처럼 을씨년스럽기만 했다. 이런 정황에서 직무대행의 할 일은 차기 총장을 맞이하는 것뿐이었다.

김찬국 총장 취임 이후

연세대 부총장으로 있던 김찬국이 임시이사회의 결의로 상지대 총장이 되었다. 그는 원래 신학을 전공한 목사로 연대에서 오랫동안 봉직해왔는데 유신반대운동에도 참여하여 감옥살이를 한 일도 있다. 그가 김영삼의 문민정부에서 첫번째 조작사건인 상지대 분규의 소용돌이 한복판에 서게 된 것은 참으로 안타까운 일이지만 그는 무려 6년 동안 총장에 재임한다.

그 사이 취임 2년만에 교육부 감사에 의해서 학교운영상의 비리가 드러나 교수징계위원회에서 해임결정을 받기도 하고 여러 차례 고소 고발도 당했으나 1차 임기를 마치고 2차 임기에까지 선임된 것은 권력의 옹호가 없었더라면 어려운 일이었다.

그가 김영삼정부 내내 총장으로 있을 수 있었던 것은 그의 성격이 남과 잘 다투지 않는 점잖음 때문이 아니었던가 하고 필자는 생각해 본다. 따라서 그는 임기 동안 상교협의 입맛에 맞는 정책수행을 충실히 했다. 학교를 쥐고 흔들고 있는 상교협과 마찰을 빚었더라면 아무리 권력이 밀어줘도 그렇게 오랫동안 자리를 지키기는 어려웠을 것이라는 게 시중의 여론이다.

그는 김대중정부가 들어선 지 1년만에 사퇴하는데 최근에는 건강에 이상이 생겨 주위를 안타깝게 하고 있다. 최근 김찬국을 만난 김동길박사는 김문기 전이사장에게 보낸 인사편지를 통해서 김찬국과의 대화를 전하고 있다. 김찬국의 건강이 나빠지기 전에 만난 얘긴데 "내가 총장으로 가보니까 김문기이사장은 아무 잘못한 것이 없더라. 다만 앞에서 일한 사람들이 지나쳤던 것 같더라."

이것이 김문기가 물러난 뒤 6년 동안 상지대를 운영했던 김찬국의 양심선언이다. 그가 교수징계위원회에서 해임결정되었을 때 관선이사장으로 있던 사람은 강원대 총장을 역임한 이춘근박사였다. 임시이사회는 즉각 직무대행으로 장광수를 뽑았다. 두 번째 총장직무대행이 된 것이다.

그러나 그는 총장임무를 수행할 수 없었다. 자기들의 뜻에 충실히 따라주는 사람이 아니라고 생각한 상교협은 과격학생을 동원하여 교문을 차단하고 이춘근, 장광수를 비롯한 징계위원들의 사진을 걸어놨다. 그리고 상교협 측은 출입자들을 이 사진과 대조하여 철저히 출입을 막았다. 쿠데타를 일으킨 군인들이 총칼을 들이대고 중앙청 출입을 막았던 시절이 그대로 상아탑에서 재연된 것이다.

이에 대하여 장광수는 김찬국과 대학사무처장 대행을 맡고 있는 임희진을 업무방해, 건조물 침해, 배임, 절도 등의 혐의로 강원도경에 고소했으나 아무런 성과도 얻지 못하고 끝나고 말았다. 장광수는 이도저도 아닌 처지로 내몰려 불이익만 받다가 1996년도에 정년퇴직했다.

시민대학의 허구

　상지대학교의 시민대학으로의 전환은 상교협의 꿈이다. 그들은 10년이 넘도록 온갖 불법을 저지르며 설립자 김문기 측을 압박하고 모략하면서 추진해온 것이 시민대학이라는 꿈을 실현시키기 위한 것이었음은 자타가 공인하고 있다. 그리고 그것은 일단 성공한 것으로 보인다.

　아직도 법적인 문제가 남아 있고 국민의 여론이 용납하지 않고 있지만 그들이 그다지도 소원하던 정이사 승인을 받았고, 설립자 측을 완전무결하게 제거한 재단을 발족시켰기 때문에 그들은 솟아오르는 기쁨을 만끽하고 있으리라고 생각된다. 그런데 시민대학이라는 게 과연 법적으로 가능한가? 또 사립대학으로서 유지 재단이 존재해야 하는데 아무 책임도 없는 나그네들끼리 모여 무슨 재단이 되겠는가?

이러한 의문점에 대해서는 앞서 여러 가지 측면으로 많은 검토를 거친 바 있다. 교육부에서도 국회에서의 답변을 통하여 "시민대학이라는 형태의 대학은 없다"고 밝혔지 않은가. 그럼에도 불구하고 자신의 답변을 스스로 부인하고 정이사 체제를 승인한 것은 지엄한 법의 심판에 따를 수밖에 없지만 상교협의 끈질긴 사학 탈취의 면모를 다시 한번 추구해볼 필요가 있을 듯하다.

상교협에서 펴낸 문건에 따르면 그들의 투쟁 대상은 오직 김문기 전이사장 한 사람에게 집중되고 있음을 알 수 있다.

그들의 주장대로라면 김문기가 원주대학을 강압적으로 인수했다는 것이다. 더구나 권력을 등에 업고 족벌, 정실인사에 의한 대학운영, 불법적인 교권 유린, 학생탄압, 건축물 공사대금 착복, 교비 유출, 부동산 투기와 교내 사유지 보유 등 온갖 학원 운영의 비리를 저질렀다는 것이다.

이에 대해서는 이미 대법원의 판결로 아무 죄도 없다는 것이 명명백백하게 증명되었기에 구태여 이러쿵저러쿵 시비를 따질 필요도 없을 듯하다. 옛 성현의 말씀에도 길이 아니면 가지를 말고 말이 아니면 하지를 말라고 했지 않은가. 더구나 원주대학을 강제로 인수했다는 대목에 이르면 그들이 과연 정상적인 사고를 하는 집단인지 강렬한 의심이 인다.

원주대 설립자인 원홍묵과 그의 처 최인숙은 친필 서한을 김문기에게 보내 과분한 보상을 해준 데 대하여 진심으로 감격해했으며, 원주대가 소유했던 4백여 평의 대지와 국유지 5백여 평에 대해서도 응분의 보상을 하고 영수증까지 챙겨뒀는데 어떻게 '강제인수'라는 말이 나올 수 있단 말인가.

이 한 가지 사실만 보더라도 그들이 주장하는 다른 문제점도 모두 견강부회로 억지를 쓰는 것임을 알 수 있게 한다. 원래 단추 하나를 잘못 끼면 나머지도 모두 잘못되는 것처럼 한 가지 거짓이 열 가지 거짓을 낳게 마련이다.

상지 발전 후원회의 터무니없는 모금 행위

상지대를 손아귀에 넣은 상교협 인사들이 학내 분규를 일소하고 안정적으로 대학의 발전을 꾀할 수 있는 방법으로 구상한 아이디어는 다음 세 가지로 요약된다.

첫째 국·공립화 방안이다.

이 방안은 상지학원 설립자인 김문기와의 관계를 완전히 단절시킬 수 있는 장점이 있으나 정부의 대학 교육정책 방향과 일치하지 않는다는 모순이 발견된다. 정부에서는 가능하다면 국·공립대학을 줄이거나 통폐합시키고 자율적인 사립대의 건전한 발전을 도모하려고 하기 때문이다. 더구나 상지대처럼 분규가 내재하고 있는 사립대학을 국·공립으로 전환한다는 것은 정부의 부담이 너무 클 수밖에 없기 때문에 일단 논외로 한다.

둘째, 새로운 재단의 영입이다.

학교를 운영하다보니까 강력하게 지원할 수 있는 재단의 필요성은 굴뚝같지만 우선 김문기만한 재력가를 찾기 힘들다. 게다가 자칫 새로운 재단 측에 모든 권한이 넘어가 상교협은 껍데기만 남을 수 있다는 위기의식도 싹텄다. 설립자를 쫓아내고 주인 행세를 하고 있는 달콤한 현실이 그들에겐 승리자로서의 자부심까지 느끼고 있는데, 새로운 재단을 맞이한다는 것은 정서적으로 수용하기 어렵다는 결론을 내렸다.

셋째, 현행 임시이사 체제를 유지하는 방안이다.

이는 임시이사의 임기를 제한하는 사립학교법의 개정으로 구조적인 어려움에 봉착할 가능성이 있고, 학교 발전의 비전 부족이라는 문제점이 있다. 더구나 튼튼한 재단이 없는 지방대학이 줄어드는 학생수만큼 재정을 확보할 방법이 난점이다. 오직 바람직한 것은 임시이사체제를 정이사 체제로 전환하기만 하면 사립대학이면서도 내용적으로는 강한 공공적 성격을 갖는 대학으로 성격 자체가 전환된다.

세 가지 방안 중에서 가장 소원해마지 않던 정이사 체제가 승인을 받던 날, 그들은 그 불법성은 외면하고 승리의 축배를 든다. 더구나 그들은 이미 '상지발전후원회' 라는 이름으로 시민대학을 위한 모금운동에 착수하고 있었다.

모금방법은 우선 상지학원에 봉직하고 있는 교직원

들에게 기본급의 10%를 징수한다. 500명이 넘으니까 매년 7억 정도 적립된다. 학생, 동문, 학부모, 시민들에게도 약 100억을 모금하여 총 300억의 기금을 조성한다는 것이 그들이 낸 꾀다. 그것도 20년 후에나 가능하다. 한마디로 눈 감고 아웅 하는 시민대학 재정확보 방안이다. 김문기가 예치했던 241억의 현금을 단 1년여만에 써버린 1993년도의 넉넉한 씀씀이로 20년 동안에 300억 기금을 어떻게 모을 것인지 의심스럽다.

왜 사립학교를 설립하는가?

우리나라에서 합법적으로 교육을 시행하고 있는 학교는 초등학교, 중학교, 고등학교, 대학교의 네 단계로 되어 있다. 이들의 수를 모두 합치면 현재 1만9백66개교다. 이 중에서 사립학교가 2천1백38개교다. 그것은 의무교육 과정인 초등학교의 경우 대부분 공립학교로서 시골 벽지까지 커버하고 있기 때문이다.

그러나 고등교육기관으로 올라가면 사정이 달라진다. 대학과 전문대학 등 고등교육기관만 따로 치면 그 숫자가 자그마치 436개교이며, 이 중에서 사립대가

367개교로서 84,2%라는 절대적 다수를 차지하고 있다. 사립학교의 전통은 참으로 오래 되었다. 옛날에도 성균관이라는 국립 대학 형태의 대학기관이 있었고, 어디를 가나 '서당'(서당)이라는 이름의 초등교육기관이 존재했다.

현대적 의미의 '학교'는 아니지만 훈장님이 설립하여 아동들을 가르치는 형태는 크기만 달랐지 지금과 똑같았다. 개인적으로 자기의 집에 교실을 설치했기 때문에 일정한 학비를 학동의 부모들이 부담한 것은 당연한 일이었다.

초등교육기관이었던 서당

그리고 근래의 사립학교는 뜻있는 독지가에 의해서 설립되어 왔다. 구한 말부터 현대적인 서양교육을 접하게 된 왕족들과 식자층에서는 재력이 허락하는 한 학교를 설립하고 싶어했다. 그것은 교육이 부실했기 때문에 외국으로부터 치욕을 당하고 있다는 자각심 때문이었다. 또 한국을 선교의 목적으로 찾아온 기독교를 중심으로 한 종교재단에서는 사람들과 가장 쉽게 접근할 수 있는 방법으로 학교 설립을 선택했다.

숙명이나 배재학당은 모두 이러한 배경에서 탄생된 학교들이다. 그 당시의 학구열은 요즘에 비할 바 못되지만 신분사회에서 평등사회로 넘어가는 과정에 있었기 때문에 고학을 해서라도 학교를 다녀야 한다는 사상적 기저가 깔려 있을 때였다. 그러기에 왜놈들에게 나라를 빼앗긴 후에도 스스로 자각한 학생층이 맨 먼저 항일 만세운동의 선두에 설 수 있었던 것이다.

따라서 국공립과 쌍벽을 이룬 사립학교가 국가 발전에 기여한 공로는 필설로 다 표현하기 어려울 만큼 지대하다고 할 수 있다. 특히 일제로부터 해방을 쟁취한 이후 사립학교는 우후죽순처럼 생겨났다. 왜놈들의 교묘한 우민화 정책 때문에 사실상 중등교육 이상의 교육을 제한받았던 민족의 설움을 한꺼번에 해결하려는 듯 너도나도 학교 설립에 나섰다.

물론 번데기가 많다보면 구더기도 많이 생기는 법이다. 사립학교를 설립한다는 것은 숭고한 교육이념을 실현시키는 데 있는 것인데 장삿속으로 시작한 사람들도 있었다. 이들에 의해서 교육이 부실해지고 자격 없는 교사들이 생겨나 애꿎은 학생들이 피해를 입는 것은 과도기의 어쩔 수 없는 낭패였다.

대학법인협의회의 견해

위에서 사립학교의 역사적 발전상을 더듬어본 것은 온고지신의 지혜를 얻기 위함이다. 옛날의 발자취가 앞으로의 우리 행보에 주는 '영양제'가 되어야 한다는 생각에서다. 그런 의미에서 학교를 설립한 사람은 그가 기울인 정성만큼 대접받아야 마땅하다.

상지대를 설립한 김문기 역시 여기서 예외가 되어야 할 아무런 이유가 없다. 오히려 불모지대에 사재를 털어 중부권을 대표하는 대학으로 우뚝 서게 만든

한국 대학법인협의회의 송영식 사무총장

그 공로는 훈장을 주고 표창할 만한 독지의 실천이었음을 알아야 한다. 한국 대학법인협의회의 송영식 사무총장은 기자회견을 통하여 그 견해를 분명히 밝히고 있다.

그는 대학법인협의회를 공식적으로 대표하고 있다. 한국 대학법인협의회는 367개교의 사립대학을 유지하는 학교법인이 모인 단체다. 이들의 모임은 물론 법인의 친목도모에도 그 뜻이 있겠지만, 자칫 침해되기 쉬운 학교 법인의 권위와 이익을 지켜내는 데 의의가 있다. 그렇기 때문에 동병상련의 애착이 작용할 수도 있을 것이다. 그러나 기본적인 원칙을 추구하는 것은 당연한 도리 아닌가.

"자유민주국가에서 사재를 출연하여 설립한 사립학교의 경영권을 국가가 설립자와 사전에 단 한 차례의 협의 절차도 거치지 않고 임의로 제3자에게 넘기는 것은 있을 수 없는 일이다. 이는 사립학교 당초의 설립 목적과 건학이념을 구현할 수 없게 만드는 것으로,

법인의 기본권을 깡그리 망가뜨린 위헌적 요소가 있다. 특히 교육부가 사립대학 감독권의 범위를 벗어나 임시이사 제도를 악용한 나쁜 선례가 될 뿐더러 중대한 하자가 있는 조치라고 생각된다. 상지학원의 임시이사들이 정이사를 선임하고 교육부가 이를 승인한 행위는 결국 사학의 존립 기반을 부정하는 일이다. 이로 인하여 우리나라 전체의 사학경영인은 의욕을 상실하고 실의에 빠져 있는 형편이며, 사학교육의 중대한 위기로 판단하고 교육부가 스스로 깨달아 하루 빨리 이 부당 불법한 조치가 취소되기를 염원한다.”고 말했다.

그런데 상지학원에만 국한한 일로 볼 수 없다는 데 문제의 심각성이 있다. 순망치한이라는 말이 있다. 입술이 없어지면 이가 시린 법이다. 상지대학을 희생양으로 삼은 권력이 이제는 다른 대학에도 똑같은 칼을 들이댈 가능성이 없다고 누가 장담하겠는가.

더구나 17대 국회에서는 사립대학의 문제점을 오직 전교조의 입장에서 파악하고 이를 쿠데타적으로 바꿔 설립자의 위치를 오직 돈만 댄 바지저고리로 만들겠다는 사립학교법 개정 시안이 선을 뵈고 있지 않은가!

상지대 정상화가 지역 경제의 활로

어떤 지역을 막론하고 그 지역을 먹여 살리는 기업이 있다는 말을 흔히 한다. 포항에는 포항제철이 있고, 광양에는 광양제철이 있으며, 울산에는 현대중공업 등 현대그룹이 군림한다. 이런 지역에서 그들 간판 회사의 월급날은 온통 거리가 흥청망청한다는 말이 떠돌 정도로 경기를 좌우하고 있는 것이 틀림없는 사실이다.

삼성전자가 자리 잡은 곳, 하이닉스가 있는 곳, 한때 이름을 날린 한보철강이 있던 당진도 대기업이 들어섬으로서 지역 활성화가 이뤄졌던 대표적인 고장이다. 많은 사람이 근무하고 왕래하게 되면 결국 소비가 촉진되고 지역적인 경제 동향은 매출의 증가로 연결될 수 있다.

게다가 지역주민이 늘어나면 필연적으로 건설경기를 촉발시킬 것이고, 그에 따른 고용의 창출 효과가 커지게 마련이다. 그로 인해 유흥가가 늘어나는 부작용도 있을 수 있으나 그것 역시 사회의 발달 과정에 모두 포함되어 있는 일이 아니겠는가. 구더기 무서워 장 못 담을 수는 없는 일이기에 사회는 복합적으로 발달한다는 것은 맞는 말이다.

강원도 원주 역시 이와 똑같은 상황으로 보인다. 원주는 인구 5만에 불과한 소도시지만 강원도 영서를 대표하는 전통의 도시로, 어느 지역보다 문화수준이 높고, 주민들의 자긍심이 강했던 도시였다. 1군 사령부가 자리 잡은 연유도 휴전선이나 38선을 끼고 있는 강원도 특유의 지형적 여건 때문이지만 원주가 옛날 강원도의 수부 역할을 했던 곳이었기 때문이기도 하다.

이러한 역할을 담당했던 원주에 중부권을 대표할 만한 종합대학교가 들어선 것은 어찌 보면 당연한 일이었다. 그것도 이 지역 출신이 아닌 강릉 출신의 김문기 이사장이 거액의 사재를 출연한 것은 참으로 감격스러운 일이었다. 상지대가 생긴 후에 원주는 엄청난 변화를 겪게 되었다.

폭발적으로 늘어나는 학생수에 따라 인구는 더 큰 폭으로 증가했고, 건축경기는 대대적으로 활성화되었다. 1974년 상지대 설립 이후 30년이 경과한 원주시의 현황은 30만에 육박하는 인구수만으로도 짐작하고도 남음이 있다. 이제는 소도시가 아닌 중도시로 탈바꿈했고, 문화 예술 등의 특성화에도 성공하여 다른 도

소설가 박경리가 설립한 토지 문화관 회의장

시보다 훨씬 각광을 받고 있다.

특히 ≪토지≫의 박경리 소설가가 아예 원주에 토지문학관을 설립하고, 그의 사위 김지하 시인은 세계적인 명성을 날리고 있어, 원주의 면성도 덩달아 유명세를 타게 되었다. 이미 고인이 되었지만 김문기 이사장과 의형제가 되어 형님으로 모셨던 청강 장일순선생은 원주의 의인으로 알려졌으며, 시서화에 능했던 그의 작품을 소장자들이 가보처럼 귀중히 보관하고 있다.

상지대 도립화 구상을 질타한 향토사학자 김호길 선생

청강 장일순의 맥을 잇는 인물로 반강 김호길이 있다. 그는 4.19혁명 당시 성균관대학에 다니며 자유당 독재를 규탄하고 민주화를 이룩하는 데 심혈을 바쳤던 열혈청년이다. 김호길은 고향 원주에서 장일순의 수제자 역할을 하며 함께 지냈다. 술을 좋아한다는 사실을 알고 있는 장일순은 중국여행을 같이하면서 김호길에게 술을 사주느라고 애썼다는 일화가 전해진다.

김호길은 현재 강원사회복지신문 회장으로 있어 여

론의 추이에 누구보다도 예민한 사람이다. 그가 지난 2월 19일 원주시 우산공단 내에 있는 중소기업종합지원센터 대회의실에서 열린 상지대 문제해결을 위한 대토론회에 시민대표 자격으로 참석하여 발표한 내용은 음미할 가치가 충분하다.

그는 원주시장 선거에 출마한 일이 있다. 그 때 한 신문사에서 시장후보들에게 똑같은 질문을 던졌다.

상지대학 정상화에
金文起씨 참여추진

강원도민회

학내 상당한 파문 예상

1996년 9.13 강원일보에 게재된 상지대 관련 기사

"지금 상지대학교를 도립화하기 위한 추진위원회가 구성되어 모모 인사들이 공동대표가 되었는데 찬성하십니까?"

이 질문에 대해서 김호길은 오프더레코드로 자기 의견을 말했다.

첫째, 전액을 출자한 설립자이며 이사장인 김문기 의원의 기부체납 동의가 있어야 할 터인데, 구속 수감 중에 인간적으로 그것이 가능하겠는가?

둘째, 임시이사는 정상화 후 물어나야 할 터인데 임시이사들이 도립화(상지대 탈취)에 찬성 의견을 할 수 있을까?

셋째, 강원도가 40% 내외의 취약한 재정자립도로 과연 대학을 인수 운영할 수 있겠는가?

위 세 가지 의견은 상지대 도립화 구상이 얼마나 터무니없고 타당성이 결여된 허구였는지 그 정곡을 찌른 것이었다. 강원도에서도 상지대 설립의 과정을 너무도 잘 알고 있어 김문기의 억울한 사정과 형편, 그리고 상지대 발전을 위해서는 설립자가 복귀해야 한다는 일념 때문에 인수 운영은 불가능하다고 통보하고 만다.

그 뒤 상지대를 강제로 빼앗은 자들은 이런저런 방법을 모두 써보다가 시민대학안을 내놨고, 교육부가 이를 전제로 한 정이사 체제를 승인했다. 도립이 되면 명분이야 어찌 됐든 재정은 확보되겠지만 시민대학은 허공에 대고 부는 나팔과 무엇이 다른가. 소리만 컸지 실속은 없는 것이다.

이에 대한 김호길의 심정이 곧 원주시민의 마음 아니겠는가.

"시민대학은 자본주의의 치부를 개선하려고 시민사회주의를 내세우는 것 아니냐? 아무런 관련도 없고 투자 능력도 없으며 그럴 의향도 갖고 있지 않은 정이사들은 조용히 물러나는 것이 원주시민과 강원도민이 바라는 바다. 잘못을 뉘우치고 떠나는 뒷모습은 한여름의 노을처럼 아름다울 것이다."

사학법인단체대표들의 교육부총리 면담

교육인적자원부는 정부의 여러 부처 중에서도 가장 중요한 부처로 대접받는다. 정부 조직상 국무총리 밑에 부총리가 셋 있는데, 그 중의 하나가 교육부다. 따라서 교육부 장관은 부총리의 자격으로 교육과 관련된 부처를 지휘할 책임이 있다. 그만큼 위상을 높여주는 것은 교육이 가지는 국가적 중요성 때문이다.

자라는 새싹을 제대로 길러야 나라의 발전을 기약할 수 있다는 것은 누구나 안다. 그러면서도 그것이 얼마나 어려운 일인가 하는 것은 막상 겪어봐야 안다. 맹

모삼천지교라는 말이 있듯이 교육은 바로 실생활과 밀접하게 관련이 있다. 가정에서 부모의 행동이 어떻게 비춰지느냐 하는 것으로 아이들의 인격이 형성된다.

그래서 교육을 담당하는 장관의 격이 다른 부처보다 높은 것이며, 장관 스스로도 그 위상에 맞게 행동해야 마땅하다. 그런데 노무현정부 제1기 교육부장관을 맡았던 윤덕홍은 국회에서의 답변과 다른 행동을 취하고, 마지막으로 물러나는 자리에서도 불법적인 결제를 하는 등 장관답지 못한 행태를 보임으로써 실망만 안겨줬다.

모범을 보여야 할 교육 수장으로서 비뚤어진 모습만을 노출시킨 추악한 행태였다. 그 후임으로 등장한 인물은 연세대 총장을 지냈고 전에 교육부장관을 한번 해봤던 안병영이다. 그는 많은 사람들의 존경을 받는 학자로 알려졌다.

사학법인단체 회장단은 지난 2월 4일 안병영부총리를 면담하고 사학정책 방향에 대한 의견을 교환했다. 이날 방문단에는 한국사학연합회 김하주회장, 한국대학법인협의회 조용기회장, 한국전문대학법인협의회 홍우준회장, 한국사립중고등학교법인협의회 홍성대

명예회장, 대한사립중고등학교장회 김윤수회장, 한국대학법인협의회 박홍 부회장, 한국사립전문대학법인협의회 유용근부회장 등 우리나라 사학법인단체의 대표적인 인사들이 총망라되었다.

이 면담은 신임 부총리에 대한 예방 차원으로 이뤄졌지만 새 정권이 들어서면서 설왕설래하고 있는 사립학교법 개정문제 등 현안에 대한 진지한 논의가 벌어졌다. 한마디로 '사학의 위기'로 표현되는 현재의 움직임에 대해서 솔직히 의견을 말하고 사학의 자율성이 보장되지 않는다면 존폐 문제를 심각하게 고려해볼 수밖에 없는 사정임을 전달했다.

교육부총리 역시 장관 경험이 있는데다가 사립대 총장으로 현장 경험이 누구보다도 풍부한 사람이어서 이해의 폭이 넓었다. 건의내용을 일일이 확인하고 긍정적으로 검토하여 사학정책에 반영할 것을 약속했다. 물론 이러한 약속이 사학단체의 뜻을 곧이곧대로 들어주겠다는 것은 아니었다. 다만 사학이 처해 있는 현황만은 정확히 전달되었다는 데 그 의미가 크다고 봐야 한다.

집수리를 맡겼더니 아예 집 전체를 차지해

사학 측에서 건의한 내용은 여러 가지다. 그 중에 몇 가지를 요약하면 다음과 같다.

첫째 사학의 운영권을 탈취하는 임시이사제도를 조속히 개선해달라는 것이다. 현재 정부의 임시이사제도 운영 실태를 보면 가관이다. 학교 내에 문제가 발생하면 감독청의 직권을 행사한다는 명목으로 합법적인 법인의 임원에 대해서 승인을 취소해 버린다. 그리고 임시이사를 파견하는데 결국 사학을 설립한 사람의 경영권을 박탈당하는 셈이다.

학교 운영이 정상화되면 반드시 설립자가 복귀해야 하는데 이런저런 구실을 붙여 차일피일 미루다가 급기야 정이사 체제로 전환하여 완전무결하게 학교를 탈취하고 있는 실정이다. 상지대학교의 경우 두드러진 실례가 된다. 김문기 설립자는 아예 제쳐버리고 임시 이사들의 자의대로 교육부가 승인한 예는 모든 사학이 똑같은 운명에 처해질 수 있음을 경고한다.

이는 집수리를 맡겼더니 공사를 맡은 사람이 그 집에 들어앉아 아예 살림을 차린 것과 무엇이 다른가.

앞으로 임시이사를 파견할 필요가 생기면 설립자의 의사를 먼저 듣는 것이 순서다. 그리고 그들의 임기도 1년 정도면 충분하다. 상지대처럼 10년씩 임시이사 체제를 유지하는 것은 사학을 하지 말라는 것과 똑같다.

둘째, 국회에 계류중인 사립학교법은 학교운영권을 교사, 학부모, 학생, 지역사회인사로 구성되는 학교운영위원회에 넘기도록 하고 있다. 사학의 공공성과 운영상의 투명성을 보장한다는 허울 좋은 명분이다. 그럴듯한 명분 뒤에는 날카로운 칼날이 숨겨져 있다. 학교의 지배구조를 법의 이름으로 바꾸겠다는 것이다.

사재를 털어서 사립학교를 세우는 사람은 나름대로 자신의 건학이념을 실현시키고자 하는 간절한 뜻을 갖고 있다. 그런데 학교운영위에 모든 권한을 줘버리면 닭 쫓던 개 지붕 쳐다보는 격으로 허망한 마음을 무엇으로 메울꼬! 자유민주주의 세상이라면 이럴 수는 없다.

셋째, 교원의 신분은 교원지위향상을 위한 특별법, 교원노조법 등에 의하여 완벽하게 보장되어 있다. 그들에 대해서는 법정징계사유에 해당될 때에만 징계가 가능하다. 그런데 징계를 하고도 교원징계재심위원회의 결정에 대해서는 학교법인이 행정소송을 제기하는 권한이 제한되고 있다.

이는 학교법인과 교원 간의 권리의무 관계에 불균형을 초래하여 사실상 학교의 질서유지에 장애요소가 된다. 따라서 노조가입 교사에게는 근로기준법이 적용되어야 하며, 법인의 행정소송권도 인정해야 한다.

김창열 대기자가 본 상지대 문제

앞에서 사학을 다루는 교육부의 많은 문제점에 대해서 살펴봤다. 사학법인단체의 의견을 중심으로 그들의 애로점을 부각시켰기에 자칫 일방적이고 편파적일 수 있다는 지적을 받을 수도 있다. 이럴 때 중립적이고 객관적인 의견을 내는 사람이 언론인들이다. 언론의 기본 사명이 주관을 피하고 객관적인 보도를 생명으로 하고 있기 때문이다.

사학에 대한 많은 의견들이 언론에 보도되고 있지만 그 중에서 원로 언론인으로 날카로운 비판의식을 가지고 있는 김창열 대기자의 칼럼은 교육문제에 대한 그의 심오한 철학과 현실을 파헤친 정확한 분석을 엿볼 수 있게 한다.

그가 쓴 칼럼의 제목은 '공립은 공립답게, 사학은 사학답게' 다.

그런데 그의 글은 첫 대목부터 심상치 않다. "소금은 짜다. 그러나 '소금은 짜다' 는 말은 매우 싱겁다. 너무나 뻔하기 때문이다." 그가 왜 싱거운 소금 얘기를 했을까. 그것은 국회에서 벌어졌던 의원과 장관의 질의응답을 두고 한 말로, 말 같지 않은 설왕설래를 꼬집은 것이다.

그 '싱거운 소금' 은 현승일 의원과 윤덕홍 교육부 총리가 제공한 특식이다.

현승일 전 의원

현승일 의원 사립학교의 재산이 그 법인의 소유입니까? 국가의 소유입니까?

윤덕홍 장관 법인의 소유지요.

법률에서 보장하고 있고 사회 관행상 한번도 부정된 적

이 없으며 대대로 이어져 온 사학의 재산권을 두고 이루어진 이 문답은 누가 봐도 싱겁기 짝이 없다. 그러나 그 내면에는 현실적으로 이를 부인해버린 교육부의 불법적인 칼날이 숨겨져 있음을 아무도 간파하지 못하고 있었다.

법인의 소유임을 확언한 윤덕홍은 속기록의 잉크가 채 마르기도 전에 사학법인 상지대학교의 소유권을 정체도 없는 '정이사' 체제로 넘겨주고 말았기 때문이다. 김창열이 수집한 교육부제출 감사 자료에 따르면 임시이사가 파견되어 있는 사립학교가 45개교로 기재되어 있다.

전국 149개 4년제 사립대학 중 13개교, 143개 사립전문대학 중 5개교, 사립고등학교 27개교다. 이중 조선대학교는 16년, 영남대학교는 15년이 넘도록 임시이사들이 학교를 경영하고 있으며, 상지대학교는 11년째다. 어떤 고등학교는 20년이 넘도록 임시이사 체제를 유지하고 있으니 강산이 두 번씩 변해도 교육부의 전가의 보도는 녹도 안 스는 모양이다.

그렇다면 이들 학교는 누구의 것일까? 이름은 사학이지만 실제로는 관학이 되어버린 것이다. 교육부 임의대로 임시이사 체제를 엿가락 늘이듯 길게 늘일 수도 있고 짧게 줄일 수도 있다면 어디 가서 사학의 자율성과 설립자의 건학이념을 구현할 수 있겠는가.

임시이사 파송 점점 늘어나

사학을 옥죌 수 있는 법이 사립학교법에 근거한 임시이사 파송이다. 임시이사는 이사의 결원이 있을 경우 등 파송의 원인이 분명히 있으면 교육부의 재량에 따라 결정된다. 법원이 재단법인의 임시이사를 선임할 수 있는 것과 같다.

이들은 사립학교법 제25조 제2항에서 규정하고 있는 바대로 조속한 시일 내에 선임사유가 해소될 수 있도록 노력할 의무를 부여받고 있다. 또 민법 제60조 제2항은 법원의 허가 없이는 임시이사가 법인의 통상사무에 속하지 아니한 행위를 할 수 없다고 못박고 있다. 어느 경우이건 법인의 현상유지와 원만한 사태수습이 임시이사가 해야 할 임무라는 것을 분명히 밝히고 있는 것이다.

그런데 상지대의 경우 임시이사회가 그들의 통상업무에 속하지 아니하는 정이사 선임을 했다는 것은 민법의 명문규정을 정면으로 위반한 것이 아니고 무엇이겠는가. 이에 대하여 교육부에서는 애초에 '불법'임을 통고하고 임시이사회가 정이사를 선임하는 일이 없도록 사전 경고하고 있다.

이러한 교육부의 경고를 무시하고 정이사 선임을 강행하자 교육부는 승인을 거부했다. 여기까지는 교육부의 이성이 제대로 작용한 느낌이다. 법률상의 규정대로 행동했으니까.

그런데 교육부가 선임한 임시이사들이 또 한번 교육부를 상대로 반란을 일으킨다. 이 문제를 법원으로 끌고 간 것이다. 1심법원에서는 임시이사들이 이겼다. 교육부에서 자료제출 등 변소권을 제대로 활용하지 않았기 때문이다. 법률상 너무나 확실한 사항이어서 당연히 교육부가 승소할 것으로 생각했던 것이 아니었겠는가.

그러나 뒤통수를 얻어맞은 꼴이 된 교육부는 즉각 항소장을 제출하고 본격적인 법정투쟁으로 돌입하는 듯했다. 마치 부당한 법원의 판결에 대항해 상급심에서 승소하겠다는 자신감이 넘쳐나는 듯했다. 그대로 항소심이 진행되었더라면 교육부가 승소하는 것이 틀림없었다는 것이 법조계의 여론이었다. 그런데 윤덕홍은 퇴임하는 날, 정이사 체제를 승인하는 결제를 하고 떠난다.

"돌아보지 마라. 후회하지 마라. 바보 같은 눈물 흘리지 마라."

구슬픈 유행가 가사처럼 미련을 버리고 그는 갔다. 그러나 그가 저지른 불법의 흔적은 남아 있는 교육부의 모든 관계자들의 가슴에 쐐기를 박은 셈이다. 잘못된 정책 결정의 모든 책임은 남은 사람의 몫이기 때문이다.

대기자 김창열은 칼럼의 결론에서 훌륭한 대안을 제시하고 있다.

"우리 사회의 체제 경쟁력을 최대화하자면 공사립의 병립이라는 교육체제의 장점을 최대한 신장시켜 자율성과 다양성을 이끌어내는 일이다."

원주 시민들이 감사원에 제출한 국민감사청구서

사회를 구성하고 있는 각계각층의 인사 중에서 주도적인 세력을 형성하고 있는 부류를 가리켜 엘리트 집단이라고 부른다. 그들은 나름대로의 비전을 가지고 목표를 향하여 전진한다. 세력을 형성하지 못한 부류는 이들이 이끄는 대로 따라가게 마련이다. 그러나 소위 엘리트 집단의 구성원들이 지도력을 상실하거나 사회의 이익에 반하는 행동을 하게 되면 강력한 반발에 부닥치게 된다.

저항세력은 어느 집단에서도 생길 수 있으며, 그것

은 마지막까지 참다가 일어나는 현상이기 때문에 강력한 폭발력을 가진다. 상지대학교의 운영권을 설립자와는 동떨어진 임시이사들이 장악하고 대학의 모든 보직을 상교협에서 독점하는 체제가 계속되면서 수많은 비리의혹이 터져 나온 것은 오히려 당연한 일이었다.

2002년 4월 19일, 감사원에는 국민감사청구서가 제출되었다. 국민감사라는 제도는 법에는 있지만 실제로 이를 활용하는 국민은 별로 흔하지 않기 때문에 생소하기만 하다. 감사원장 앞으로 제출된 감사청구서는 청구인 대표를 상지대 해직교수인 임병천으로 하고, 원주시민 515명의 공동명의로 되어 있어 그 규모의 방대함이 특히 눈길을 끌었다.

이들이 감사대상기관으로 지목한 곳은 두 군데다. 하나는 교육인적자원부요, 다른 하나는 학교법인 상지학원 상지대학교다. 원주시에 소재하고 있는 상지대학교의 운영 실태를 눈앞에서 매일처럼 보고 있어야 하는 시민들이 부정과 비리에 대해서 참지 못하고 정의의 깃발을 치켜든 것이다.

그들의 청구 이유를 보면 그 실태의 일부를 알 수 있다.

상지대가 폐허화된 근본원인은 설립자인 김문기 이사장을 직권해임하고 이른바 임시이사를 파견한 데서 비롯된 것이다. 또 원주시민과 총동문회의 정상화 요구를 무시하고 일부 폭력집단의 부당한 요구를 수용하였기 때문이다. 교육부의 부당한 행정처리와 관리감독 소홀로 말미암아 학내에는 각종 비리와 부정이 난무하고 있다. 이는 교육부가 관계법을 무시하고 직무를 유기한 것으로 판단한다. 철저한 감사로 관련자들을 엄중문책하기 바라며, 부패방지법 제40조의 규정에 의거 국민감사를 청구하기에 이르렀다는 것이 이유다.

교육부로서는 곤혹스럽기 짝이 없는 일이다.

물론 국회의 국정감사처럼 정기적인 감사에 대비하여 훈련이 되어 있긴 하지만 감사원의 감사는 그 강도 여하에 따라서는 국회의 감사보다 훨씬 무섭다. 더구나 10년 가까이 불법적으로 상지대 임시이사 체제를 관장하고 있는 교육부로서는 이 감사청구에 전전긍긍하지 않을 수 없었다.

원주시민들이 낸 청구 내용

원주시민들이 낸 감사청구사항은 상당히 구체적이
다. 조목조목 증거물까지 부착하여 꼼짝달싹 못하게
만들었다. 먼저 교육부 관련사항을 살펴보자.

■ 교육부에 대한 8항의 질의내용 ■

1. 임시이사회가 관계법령을 임의로 해석하여 상지학원의
   정관을 변경하고 설립자를 변경한 것은 사학의 자주성
   과 독립성을 무시한 행정조치로 이를 취소해야 한다.
2. 임시이사 선임은 사립학교법 제25조 제3항을 확대 왜
   곡 해석하여 이뤄진 의혹이 있다.
3. 임시이사장 판공비 불법 지급에 대한 방조 의혹이 있다.
4. 상지대 부속 한방병원에서 1억 원의 병원비를 불법적
   으로 전입 사용한 데 대한 묵인의혹이 있다.
5. 상지학원 법인회계를 부당하게 집행한 문제에 대한 방
   관 의혹이 있다.
6. 교육부에서 감사한 결과 조치하도록 지시한 사항이 이
   행되지 않고 있을 때 이에 대한 관리감독을 소홀히 한

문제점이 있다.

7. 법에도 없는 불법 시민대학 추진에 대한 방조 의혹이 있다.

8. 상지대를 설립한 김문기 이사장의 정이사 승인 요구를 계속 반려하고 있는 의혹이 있다.

위 8항의 교육부 사항에 이어 13항의 상지대 부정 비리를 고발하고 있다.

■ 상지대 부정 비리 13항 ■

1. 전 상지대학교 경리주임 김국서 교비횡령 및 업무상 배임.

2. 상지대 부속 한방병원비 1억 원 법인 불법전입 사용.

3. 학교비 불법 전입 사용.

4. 이상희 임시이사장과 문선재 법인사무국장 매월 판공비 불법 지급.

5. 제4항 지적 판공비에 대한 소득세 탈루 의혹.

6. 대관령종합고등학교 교육용재산 임대료 부당 전입 사용.

7. 대관령종합고등학교 교육용재산 매각대금 불법 사용.

8. 불법위원회(역사편찬위원회) 자금 지원.

9. 유가증권 투자로 교비 손실 의혹.

10. 1993년도부터 법인비, 학교비, 병원비 회계 예·결산
    서 미공개 의혹.

11. 법인비 예산 편성의 부당성.

12. 학교비로 학생 활동 적극 지원.

13. 불요불급한 토지 고가 매입 의혹.

위에 열거된 감사청구 내용만 보더라도 무소불위의
운영실태를 짐작할 수 있게 한다. 때마침 감사청구 3
일 후 강원도경에서는 상지대를 전격적으로 압수 수색
하고 대관령종고의 임대수익금의 비자금 사용 의혹을
조사하게 된다.

강원도민들의 상지대 정상화 추진운동

1993년도에 상지대 설립자 김문기가 구속되어 비리 혐의를 뒤집어쓴 채 재판을 받았으나 학교비를 횡령했다거나 공사대금을 부풀렸다거나 하는 전형적인 학원비리와 부정은 눈곱만큼도 나타나지 않았다. 당연히 무죄였다. 구속에서 풀린 후 학원 복귀를 신청했으나 교육부에 의해서 거절된다.

이럴 즈음 교육부가 내려보낸 상지대 총장 김찬국은 상교협의 꼭두각시가 되어 그들이 하자는 대로 하다가 온갖 학내 비리에 휘말린다. 결국 교수징계위에

회부되어 해임결정이 되었으나 재심 끝에 살아난다. 김찬국이 다시 복귀하자 이번에는 강원도민들이 들고 일어났다. 김문기의 학교 설립경위를 누구보다도 잘 알고 있는 강원도민들은 아무 인연도 없고 학교를 운영할 능력도 없는 사람들이 권력을 배경으로 강제 탈취한 상지대학교를 설립자에게 되돌려줘야 한다는 데 전폭적인 의견의 합일을 이룬다.

서울에 자리잡고 있는 강원도민회는 당시 명예회장에 김일환, 회장 정재철, 부회장 이영숙, 이영호 감사 이용주 사무총장 이정하 등의 체제로 운영되고 있었는데, 어느 도보다도 강력한 구심력 하에 똘똘 뭉쳐 있었다. 원래 강원도민회는 2백만 강원도민들의 복지증진과 애향심을 기반으로 한 향토 발전에 기여하기 위해 만들어졌다.

김문기 역시 고향을 아끼고 사랑하는 데는 누구에게 뒤지고 싶은 생각이 추호도 없는 열성이었기 때문에 1974년 상지대를 설립할 당시에도 부회장을 맡아 성심으로 고향 사랑하기 운동에 앞장서 왔던 처지였다. 도민회는 불우한 학생들을 돕기 위해서 막대한 기금으로 금강장학회를 운영하고 있으며, 서울에 유학한 우수학생들의 뒷바라지로 기숙사 형태의 강원학사를 건립했다.

또 도내 기업들의 자금 활용을 원활하게 하는 강원은행의 설립에도 일조를 아끼지 않았으며, 전국체전이 열리면 이를 후원하고 수재 복구비 지원 등 헤아릴 수 없을 만큼 많은 역할을 함으로써 도민들의 화합에 크게 이바지한 조직이다. 이러한 영향력 있는 단체가 쌍지팡이를 짚고 일어선 것은 그 동안 김문기가 도민회를 위해서 쌓아온 공로가 있기 때문이다.

김영삼정부의 희생양이 된 김문기가 평소에 덕을 쌓지 못했다면 어려운 처지에 빠져 있을 때, 누구 하나 손을 내밀어 끌어주는 사람이 있었겠는가. 더구나 서슬 퍼런 정권의 비호를 받고 있다고 생각되는 상지대 문제에 대해서 김문기를 옹호한다는 것은 그만큼 부담도 컸다. 그러나 바위처럼 심성이 굳은 강원도민들의 순박한 민심은 어떤 난관도 뚫고 황소같이 밀고 나아갔다. 이제는 다수의 강원도민과 소수의 학원 운영자의 다툼이 된 것이다.

'상지대학교 정상화 범시민 추진위원회' 발족되다

강원도민회의 기본 입장은 무조건적인 김문기의 복귀였다. 그 근거는 상지대를 설립할 당시 "아직 때가 아니다"라고 하면서 주저했던 김문기가 도민회의 강권에 따라 자의반 타의반으로 대학 설립에 나섰다는 점을 강조하고 있는 것이다. 물론 이 문제에 대해서는 앞에서도 누누이 설명한 바 대로 단순히 강원도민회의 압력에 의해서만 김문기가 결심을 굳힌 것은 아니었다.

박대통령의 뜻이라고 윽박지른 민관식 문교부장관의 영향력이 가장 컸고, 그 다음으로는 평소에 자주 만나 항상 얼굴을 맞대야 하는 강원도민들의 압력이었다고 볼 수 있다. 따라서 상지대가 나날이 발전을 거듭하고 있을 때에는 강원도민 모두의 자랑이었다. 하지만 마른하늘에 날벼락 치듯 권력에 의해 한순간에 빼앗긴 상지대를 볼 때마다 관련이 있었던 사람들의 마음은 우울하기만 했다.

그래서 민관식 역시 기자회견을 통하여 "상지대 설립을 강요했던 사람은 바로 나인데 오늘날 학교를 저

모양으로 만들었으니 김문기박사를 보기 민망하다"고 까지 말하고 있는 것이다. 강원도민회 관계자도 똑같은 심정이리라.

김문기에 대해서 미안하고 측은한 마음들이 한데 묶여 "우리 때문에 저 양반이 저렇게 생고생을 하고 있으니 뭔가 조금이라도 도움이 되어보자"는 것이 상지대 정상화 운동으로 나타난 것이다.

상지대학교 정상화 범시민 추진위원회는 1996년 2월 21일, 발기대회를 개최하고, 이틀 후인 23일 원주 시내 우림가든에서 약 500여 명의 시민들과 도의원, 시의원, 학부모 등이 참석하여 성황리에 마쳤다. 이희준을 위원장으로 선출한 이 모임에서 한영희, 김창경, 서옥수, 함종수, 임상규, 심상기 등 지방자치단체의원 및 원주 유지들과 시민들이 주축을 이루었음은 말할 나위가 없다.

특히 이들이 분노한 것은 상지대 설립 당시에는 벽돌 한 장 쌓는 데도 도움을 주지 아니했던 자들이 임시이사가 되고 상교협을 구성하여 학교를 장악하더니 알토란 같은 학교 재산을 말아먹으려고 시도하는 것을 봤을 때부터다.

1982년 3월 5일, 상지대학 및 병설전문대학(현 상지영서대학)의 입학식 풍경

　김문기는 상지대의 먼 미래를 위해서 원주시 태장동과 봉산동 일대에 병설 전문대학 이전 부지를 마련해뒀고, 유가공 실습공장을 신축하려고 신축 부지를 확보해뒀던 것인데, 이를 매도하려는 것을 보고 궐기한 것이다.

　학교의 부정과 비리를 없앤다는 대의명분을 내걸었던 사람들이 학교의 발전에 절대적으로 필요한 학교 부지를 파는 것부터 생각하고 있었으니 생선을 지키라고 고양이를 내세운 격이 아닐까?

원주시민들이 궐기대회를 열다

상지대학교 정상화 범시민추진위원회는 김문기 설립자를 일방적으로 지원하기 위한 단체가 아니었다. 다만 원주의 유일한 고등교육기관이 분규에 휩싸여 있으면 손해는 결국 시민들의 몫이 될 수밖에 없었기 때문에 이 문제를 원만히 해결하는 것이 최선이라는 생각이었다.

그러나 손은 안으로 굽는다는 속담처럼, '고운 정 미운 정 다 들어 있는 설립자 김문기는 내 고향을 위해서 애쓴 사람 아닌가. 엄청난 재산을 투입한 그가 모든 것을 빼앗기다니 말이 안 된다. 우리 손으로 찾아주자.' 이런 생각이 있었기에 너도나도 '상정추'에 참여했고 활발히 움직였다.

맨 처음 상정추가 발족하는 날 위원장으로 뽑힌 이희준은 인사말을 통해서 날카롭게 대립되어 있는 양측을 무마하려는 듯 "상지대의 도립화를 추진하는 모임이든, 설립자에게 환원해야 한다는 모임이든 모두를 수렴해 대학이 정상화하는 것이 우리의 뜻이다. 따라서 명문대학으로 발돋움할 수 있도록 최선을 다하자"고 외쳤다.

상정추가 발족하는 것을 가장 못마땅해한 측은 임시이사들과 상교협이었다. 그들의 생각에 설립자를 학원비리의 원흉으로 몰아버리면 도민이나 시민들이 모두 외면하고 자신들의 편이 되어줄 줄 알았는데 일이 엉뚱한 방향으로 꼬인 것이다. 더구나 상정추에서는 14만 명이 넘는 시민들의 서명을 받아 상지대를 정상화하기 위해서는 임시이사가 퇴진해야 한다고 나선 것이다.

상정추는 마침내 집단행동의 의지를 보여야 된다는 결론을 내리고 1996년 9월 12일, 원주를 가로지르는 천변 고수부지를 택하여 대대적인 원주시민 궐기대회를 열게 된다. 무능한 임시이사를 개편하고, 새로운 경영자를 영입하자는 운동이다. 가을의 문턱에 들어선 아름다운 원주의 하늘에는 구름같이 모여든 시민들의 뜨거운 함성이 메아리치고 있었다.

이 자리에는 박효상 전원주상의회장, 유필상 전원주부군수, 임상규 도의원, 신종순 전교육위원 등 사회 지도층 인사들이 나와 "학내 단체간 상호 비방을 중단하고 학교발전에 합심협력하라"고 촉구했다. 대회를 주관하는 이희준위원장과 박효상고문 임상규도의원 등은 "20년 간 발전을 거듭하던 상지대가 한 학기에 500여 명의 학생이 다른 학교로 빠져나가고 교수들은 학문연구와 학생 지도를 포기하고 있는 실정"이라고 목소리를 높였다.

따라서 학교를 정상화하기 위해서는 김찬국총장이 중립을 지키고 지역인사를 중심으로 관선이사를 다시 선임하는 길밖에 없으며, 도립화는 멸망으로 빠져드는 길이라고 질타했다.

국회까지 감동시킨 상정추 활동

원주시민들이 상지대 정상화를 위한 궐기대회를 연다는 소식이 전해지자 전국의 교육계와 사학들의 관심은 최고조에 달했다. 그리하여 도하 모든 신문과 방송들이 앞다퉈 이날의 대회 모습을 보도했다. 기분 같아서는 금방이라도 학교의 정상화가 이뤄지는 것이 아닌가 할 정도로 여론의 지지도가 높아졌다.

상정추는 1996년 10월 28일, 성명서를 발표했다. 차분한 모습으로 상지대의 실상을 정확히 진단하고 그 대안을 제시함으로써 예의 바르고 수준 높은 자세를 견지했다. 상지대는 원주시민의 젖줄이고, 원주시 발전의 지렛대라는 점을 명기하고, 상지대 운영자들이 부족한 재정을 조달하기 위해서 설립자가 확보해 놓은 학교부지를 매각하려고 시도하고 있는 사실을 적나라하게 폭로하였다.

성명은 결론적으로 "상지대 정상화를 위한 다른 대안이 없으므로 설립자 김문기를 영입하여 원주시의 50만 상주인구 수용도시의 꿈을 앞당기자"라고 호소했다. 도의원과 시의원 등 18명이 동참하여 원주시민의

성 명 서

1. 지난날의 악몽을 씻고 화해와 용서하는 마음으로 대학구성원과, 24만 원주시민은 상지대의 정상화를 위해 대동단결하자.

2. 상지대의 정상화와 발전을 위해 다른 대안이 없으므로 설립자 김문기 전이사장을 영입하여 원주시의 50만 상주인구 수용도시의 꿈을 앞당기자.

3. 우리는 상지대학교가 정상화 될때까지 지속적으로 추진한다.

1996. 10. 28.

상지대학교 정상화 범시민 추진위원회

임시이사체제 후 총장의 취임으로 더욱 혼란이 가중되자 상지대학교 정상화 범시민추진위원회에서 발표한 정상화 방안 성명서

뜻을 확인한 것은 그나마 큰 소득이었다.

그들은 시민간담회를 연속해서 대대적으로 개최하고, 김문기의 재단이사장 영입을 제의하는 한편 전 시민을 대상으로 서명운동에 돌입했다. 서명자가 7만 명에 달했을 때에는 이를 공표하는 기자회견을 열고 김문기 복귀를 거듭 촉구했다. 이어 서명자가 8만 명에 이르자 김문기 전이사장을 초청하여 간담회를 가지고 기자회견도 병행하여 열기를 더해갔다.

이러한 지속적인 상정추 운동은 대통령과 교육부장

상지대학교 정상화 범시민 추진 위원회 시민 간담회 장면

관, 국회교육위원장에게 낱낱이 보고되었으며, 드디어 국회 교육위에서 국정감사에 포함할 것을 논의하기에 이르렀다. 당시 교육위원장은 원주 출신인 함종한 의원이었으며, 설훈, 김일주, 이원복 의원 등이 각 당의 간사였다.

〈강원일보〉는 이 움직임에 대해서 서울지사의 송고를 받아 '상지대 정상화 국회서 논의' 라는 제하의 기사로 대서특필되었다. 그 일부를 베껴보자.

「이날 회의에서는 국정감사 증인 추가 채택 문제도 함께 토의할 예정이어서 상황에 따라서는 상지대 운영

체제에 이견을 보이고 있는 김문기 전이사장과 이상희 현이사장, 김찬국 총장 등의 국회 증언이 불가피할 전망이다.

현재 국회 교육위 소속 의원들의 경우 자민련 김일주의원과 한나라당 박승국의원 등은 재단을 김 전이사장에게 돌려줘야 한다는 입장을 보이고 있는 반면 국민회의 설훈의원 등은 현 체제 고수를 주장하고 있는 상황이다.」

아무튼 국회에서 이 문제를 다루게 된 것은 상정추의 활동에 기인한다.

끊임없이 이어지는 시민운동

상지대를 정상화시키는 것은 원주시민들의 꿈이 되었다. 지역경제의 활성화를 이룩하기 위해서도 거대한 경제주체가 될 수 있는 대학교의 안정이 시급했고, 분규 대학이 있는 고장이라는 불명예를 하루 빨리 털어버리고 싶었다.

상정추의 활동이 완연하게 기세를 올리게 된 것도 모두 이러한 민심의 덕이었다. 범시민 서명은 고속터미널에서, 농협 앞에서, 기독교병원 입구에서, 국민은행 앞에서 공공연하게 시행되었으며, 바쁜 시간 중에도 일부러 틈을 내어 찾아오는 주부들로 길게 줄을 이었다.

상정추는 일정한 사무소를 두지 않고, 그때 그때 집회하여 왔으나 규모가 커지고 시민들의 참여폭이 커지자 상지대 입구에 사무소를 개설했다. 여기에 원주시에서 활동하고 있는 각 시민단체의 대표들까지 가세하였다. 그들은 상정추 주최의 간담회에 참석한 것을 계기로 아예 상지대 정상화 시민단체연합을 구성하고 한영희, 강두화, 장석희, 하정균 등을 공동의장으로 선임했다.

상지대 정상화 운동이 박차를 가하자 당황한 것은 상교협 등 학교 운영자들이었다. 상정추 운동을 박살내고 싶은데 마땅한 방법이 없었던 것일까? 누구의 짓인지 짐작은 가지만 밤에만 활동하는 검은 손을 잡을 수는 없었다. 검은손들은 매일 밤 상정추 건물을 페인트와 오물로 뒤덮었다. 게다가 입에 담기조차 부끄러운 온갖 욕설로 도배된 사무실은 역전의 용사처럼 '상처뿐인 영광'이었다.

이를 바라보는 시민들은 분노로 치를 떨어야 했다. 지성인의 체모도, 인간적인 윤리도 모두 저버린 물리적 폭력만을 신봉하는 저들의 검은 마음을 순화시켜야 할 터인데 정체를 캐낼 수 없었다. 이러한 소용돌이 속에서도 상정추는 움츠러들지 않고, 서울로 진출하여 세종문화회관 인도에서 '상지대 바로세우기 위한 범시민 촉구대회'를 개최한다.

서울에서 활동하고 있는 시민단체들도 여기에 호응하여 전국공권력 피해자연맹, 부정부패 추방시민연합, 공동체의식 국민운동협의회, 자유시민연대, 상정추와 시민단체연합 등이 공동투쟁을 전개했다. 교육부장관 면담은 대학재정담당관으로 대체된 아쉬움은 있었지만 지방대학의 문제점을 중앙에 알리는 계기를 마련한 것만으로도 큰 수확이었다.

이상주 전 교육부 장관

한편 파행적인 학교 운영으로 부정과 비리가 끊일 사이 없이 터져나오고, 학생들의 휴학과 전학 사태가 꼬리를 물고 이어지자 위기를 느낀 학부모들이 나서기 시작했다. 그들은 재학생 학부모들이 주체가 되어 서로 연대하여 이상주 교육부

장관, 박관용 국회의장 등에게 진정서를 제출하고 시민대학의 부당성과 경영권 강제탈취행위를 강력히 규탄했다.

상지대 노조와 평교협 등도 들고 일어나다

외부의 움직임이 심상치 않게 돌아가자 위기의식을 가진 상교협은 학생들을 동원하여 이제는 걸림돌이 된 임시이사회를 방해하는 전술을 폈다. 이를 저지하던 이사 한 사람은 눈에 부상을 입기도 했고, 이를 주도한 학생에게는 졸업 후 교직원으로 특별 채용하는 특혜를 베풀었다.

더구나 기존의 임시이사들은 그들의 요구대로 사학탈취계획에 동조하지 않고 사퇴서를 제출하는 등 반발하였으며, 임시이사회를 이끄는 강원대 총장 출신의 임시이사장 이춘근은 상지대의 도립화 추진이 불가능한 이유를 성명서로 발표했다. 이 때까지만 해도 엄정중립의 입장을 견지하고 있었던 임시이사회는 기본적으로 설립자의 의사를 완전 무시한 '도립화' 같은 결

정은 중대한 위법사항이라고 확언하면서 도세가 빈약
한 강원도가 거대한 대학을 운영할 수 없다는 현실론
을 차분하게 피력하였다.

여기에 곁들여 이번에는 상지대 노동조합에서 일어
났다. 징계위원회에 회부된 김찬국총장의 자진사퇴를
요구하고 나선 것이다. 학교의 혼란을 가중시키는 행
동을 자제하고 즉각 사퇴할 것과 노조를 분열시키기
위한 공작을 중단하고 혼란의 모든 책임은 상교협에
있음을 직시하고 사과를 요구하였다. 특히 신변상의
위협에도 불구하고 현명한 판단을 내린 징계위원들을
절대 지지한다는 점을 명백히 하고 있다.

한편 상지대에 근무 중인 교수들은 두 갈래로 완전
히 갈라졌다. 한쪽은 김찬국을 꼭두각시로 삼은 상교
협이었고, 다른 한쪽은 그들의 비리와 부정을 더 이
상 두고 볼 수 없다고 해서 자발적으로 만든 평교협이
었다. 평교협은 김찬국 징계의 정당성을 설명하고 일
부 보직교수들에 의한 물리적 압력을 물리치기 위해
서는 징계를 받은 총장이 스스로 물러나는 것이라고
갈파했다.

특히 징계위원이었던 일부 교수들의 연구실을 강제

로 철폐하고 등교를 저지하여 강의를 할 수 없도록 만
든 폭력 행위는 김찬국의 묵인과 방조로 가능했던 것
이라고 지적했다. 임시이사장 이춘근은 교육부장관
박영식이 김찬국과 과거에 연세대에서 동료교수로 재
직했던 인연 등을 공공연하게 과시하며 징계 당사자를
비호하고 있다고 비난하면서, 교수 채용 인사비리, 보
직교수 권한남용, 이사회 회의장에 소요학생투입 등
의 문제에 대한 해명을 요구하고 나섰다.

이런 와중에도 상지대 교수들의 봉급은 전국의 사
립대학 106개교 중 최고액으로 나타났다. 세계일보
1995년 10월 14일자 신문은 연봉이 평균 4천만 원선
인 교수봉급이 분규가 있는 상지대만 유독 7천1백만
원이라고 보도했다. 이는 대학 운영자들이 학교 발전
보다 나눠먹기에 상호 유착한 것이 아닌가 생각된다.

NGO 전성시대를 맞다

60년대 들어서면서 미국을 비롯한 선진국에서는 비정부기구의 활동이 두드러지기 시작한다. 이는 처음에는 소비자 보호차원에서 시작했으나 점차 시간이 흘러갈수록 그 범위가 확대되어 이제는 전세계적으로 NGO가 없는 나라가 없게 되었다. 심지어 공산당 활동 이외에는 거의 폐쇄적인 공산주의 국가에서도 스포츠나 정신단련 등의 구호를 내걸고 비정부기구들이 생겨나고 있는 실정이다.

중국의 파룬궁 운동은 대표적인 것으로 건강도 좋

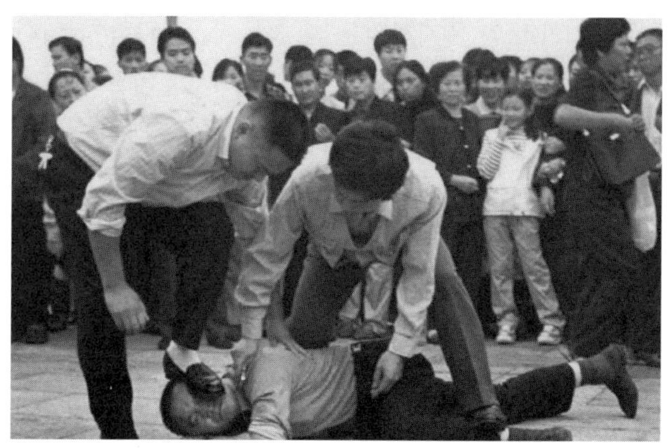

중국의 파룬궁 운동을 탄압하는 모습

아지고 도를 닦는 의미까지 겸하고 있어 폭발적으로 그 세력이 커지자 중국 당국은 놀란 나머지 이를 불법으로 선포하고 지도자를 검거했다. 낌새를 알고 미리 외국으로 망명한 사람들이 세계 각국을 돌며 중국의 인권탄압을 알리는 법회를 열고 있는 사실은 서울에서도 자주 목격되고 있다.

NGO란 권력을 행사하는 정부기구가 아니기 때문에 그 자체의 힘은 극히 미약하다고 할 수 있다. 그러나 그들이 내세우는 명분만은 어느 정부도 외면하기 어렵다. 소비자의 권익을 보호하는 문제, 공해 없이 깨끗한 환경을 유지하자는 환경문제, 공권력에 의한 피해를 척결하자는 문제 등 어느 것 하나 명분에서 빠지는 것이 없으며 실생활에 필요한 일이다.

따라서 여론을 존중하는 정부라면 당연히 NGO의 협력을 바라고 있고, 그들의 요구를 어느 선까지는 들어주게 되어 있는 셈이다. 우리나라도 90년대 들어서면서 가히 NGO의 전성시대를 맞이한 느낌이었다. 환경운동연합이나 경실련 같은 기구가 대표적으로 부상한 것은 운동의 주체자들이 기획하고 앞장서면서도 사회 각계인사들을 불러들여 우군화한 것이 주효했다고 생각된다.

그들은 재야인사라는 이름으로 도덕성을 생명처럼 여기고 있다. 또 그렇게 포장되어 왔다. 그래서 동강댐 건설을 막는 큰 성취를 이뤘다. 그러나 새만금과 부안원전센터에 간여하기 시작하면서 그들의 운동은 내리막길을 치닫게 되었다. 새만금은 이미 3분의 2가 끝난 후여서 되돌리기 어려운 것을 건드린 셈이고 부안원전은 지나치게 과격하여 국민의 눈살을 찌푸리게 만들었다.

게다가 정부로부터 엄청난 액수의 지원금을 받고

있다는 사실이 밝혀지면서 국민들이 NGO에 보내는 눈길은 싸늘하게 식었다. 도덕적으로 깨끗하고 윤리적으로 흠이 없는 것으로만 알았던 NGO가 알고 보니 오직 자신들의 이익 챙기기에 급급해 있는 것이 아닌가! 상징적인 NGO의 대표가 썼다는 전문서적이 사실은 번역서를 표절한 것이라는 신문보도를 접하고는 모두들 입을 다물지 못하였다.

세계 NGO협회 사무총장 상지대에 관심을 갖다

멀쩡한 사립대를 한입에 집어삼킨 사람들도 한때 존경받던 NGO 출신이 많다. 그들의 추악한 행태는 학교 경영에서 나타난다. 사학 설립자들도 부정과 비리가 많았지만 그 핑계로 학교를 장악한 일부 NGO 출신들은 모처럼 차지한 꿀통을 넘기고 싶지 않아 사타구니에 낀 채 아무도 예상할 수 없었던 비리의 늪에 깊숙이 빠져들었다.

이런 시점에 UN의 기구인 WANGO 사무총장 하마드가 내한했다. 그는 수단 출신의 흑인이었는데, 세계 NGO의 구심점에 서 있는 사람으로서 한국의 실태를 파악하기 위해 내한했다고 한다. 전국 NGO 연대를 이끌고 있는 강태욱, 이갑산, 박용진, 이광환, 전대열 등은 미국 LA에서 케이블 미디어 팀을 가지고 있는 피카드가 지켜보는 가운데 소공동 롯데호텔에서 회담을 가졌다.

그는 공권력에 의해서 부당하게 탈취당한 상지대 문제에 관심이 많았다. 한국 측 대표가 이에 대한 자세한 설명을 해줬다. 흔히 이런 문제를 제기할 때 "외국인이니까 우리나라 실정을 잘 모르고 있을 것이다"라는 전제 하에 과장되고 허구에 찬 얘기를 했다가는 낭패보기 십상이다. 그들은 나름대로 사전에 충분한 정보를 수집해 오는 경우가 많기 때문이다.

이 자리에는 피해 당사자인 김문기 전이사장이 합석하여 피해자로서의 입장을 개진했고, 해직교수 임병천도 실정을 밝혀 실태 파악에 도움을 줬다. 하마드는 세계 모든 나라에서 권력의 불법 작용으로 피해를 입은 사례가 많이 보고된다고 하였다. 그리고 이듬해 헝가리 부다페스트에서 열리는 세계 NGO대회에 초청장을 보낼 테니 꼭 참석할 것을 부탁했다.

상지대 사태에 대해서는 UN에 귀환하여 리포트로 보고할 것이라고 말했다. 이 날의 회담은 무척 진지했다. 그의 말을 빌리면 세계에 있는 NGO는 무려 5백만 개나 된다고 한다. 그 중에서도 미국에 가장 많은데, 그 개수는 2백만 개 이상으로 추정되며 한국에는 몇만 개 정도로 추산하고 있었다. 그리고 왕성하게 활동하는 큰 단체는 얼마 되지 않는다고 한다. 우리가 파악하고 있는 실정과 대동소이하게 알고 있는 것을 보고 그들의 정보력이 얼마나 왕성한지 알 수 있었다.

이로 인해 상지대 문제는 국제적인 관심을 쏟게 할 수도 있는 계기가 마련되었다.

대한민국은 자본주의를 내세운 자유민주주의 국가다. 따라서 국민은 권리와 의무를 동시에 갖고 있다. 그 중에서도 사유 재산권은 자본주의의 백미다. 지금까지 공산주의로 남아 있는 중국, 북한, 쿠바도 사유재산을 인정할뿐더러 장려하고 있다. 그런데 상지대는 사유재산을 국가가 강제로 탈취했다. 학교법인의 재산도 사유재산임에 틀림이 없다. 이를 빼앗은 교육부의 불법이 어떻게 결말을 짓느냐 하는 것은 모든 국민의 최대 관심사다.

항소심에 걸린 정이사 선임 결의

세상을 살다보면 꼭 재판을 해야 풀릴 수 있는 문제가 생긴다. 옛말에 집안 망치려면 송사를 하라는 말이 있지만, 만부득이 송사를 걸기도 하고 걸리기도 한다. 형사나 민사를 막론하고 송사에 걸리면 귀찮은 게 한두 가지가 아니다. 우선 재판소에서 오라 가라 하는 것도 귀찮지만 자칫 패소라도 하는 날에는 패가망신할 수도 있기 때문이다.

그래서 송사를 말라고 했겠지만 '오죽했으면 소송까지 하겠느냐, 너무 억울하다' 하는 경우에는 반드시 법의 이름으로 분을 풀어야 하는 것이다. 김문기의 경우가 바로 여기에 해당하지 않나 싶다.

권력과의 싸움에서는 힘이 달리는지라 밀릴 수밖에 없지만 이론과 법 규정, 그리고 증거를 놓고 한판 싸움을 벌이는 재판은 그나마 가장 기대할 만한 곳 아니던가.

이번에 벌이고 있는 재판은 지난 2003년 12월 18일, 임시이사회에서의 정이사 결의가 무효라는 확인 소송이다. 이 결의에 의하여 상지대를 설립한 김문기는 30년에 걸친 육영사업에서 완전히 축출되었다. 법에서 명백히 규정하고 있는 설립자의 이사 추천에 관한 권한 한번 행사해보지도 못하고 불법적인 결의로 학교주인 자리를 내놓을 수밖에 없었다.

이 문제는 앞서서 여러 차례 언급한 바 있지만, 상지대 분규의 핵심이 여기에 있기 때문에 법무법인 태평양에서 제출한 준비서면을 중심으로 앞뒤를 가려볼 필요가 있을 듯하다. 이를 요점 정리하면 임시이사회에서 정이사를 선임한 것이 잘못이라는 교육부의 판단에 따라 정이사 승인을 거부했는데, 이에 이의를 제기하고 임시이사회가 교육부를 상대로 소송을 제기하여

1심에서 승소했다. 뒤통수를 얻어맞은 교육부가 부랴부랴 항소를 제기하여 법 규정과 관행 등 모든 증거면에서 승소를 앞두고 있을 때, 임시이사회가 새로운 정이사를 선출하고 교육부에서는 전격적으로 이를 받아들인다.

완전히 짜고 치는 고스톱이었다. 오죽 급했으면 항소중인 재판을 그대로 놔두고 정이사 선임을 승인했겠는가. 2일 후에야 다급하게 항소를 취하했는데, 이틀 동안 교육부의 위법행위가 공공연하게 계속되었기 때문에 이는 무효사유에 해당되었다. 한 문제를 이중적으로 처리했을 때에는 민법상의 선취득권 원칙에 따라 뒤에 처리된 것이 무효임은 법리상 너무나 당연하다.

따라서 교육부가 제기한 임시이사회의 정이사 선임이 무효라고 하는 항소가 앞선 것이고, 이를 뒤집어 정이사를 승인한 것은 뒤에 한 일이며, 더구나 정이사 승인 전에 취하했어야 할 '항소취하'가 이틀이나 경과한 후에 시행된 것은 원천적으로 무효일 수밖에 없다. 이에 대한 법리 판단은 법원의 권한에 속하는 문제지만 공소시효 등 날짜와 시간에 대한 법의 판단은 엄격하다.

설립자의 사유재산권 침해 논쟁

사립학교법의 규정은 재단법인에 의해서 설립되고, 운영되던 사립학교를 5.16군사정권에서 강제적으로 '학교법인' 으로 전환하도록 했고, 미비한 규정은 민법상 재단법인에 관한 규정을 준용하도록 되어 있다. 이에 따라 학교법인 설립자는 이사 구성의 권한으로 학교를 운영하고 임기가 끝나더라도 새로운 이사를 선임할 수 있어 자신이 설정한 건학의 목표와 이념을 구현하도록 보장받고 있다.

그것은 막대한 재산을 출연하여 사회공익에 이바지하려는 독지가에 대한 당연한 법의 뒷받침이다. 법인에 내놓은 재산은 '사유' 가 아니니 설립자는 출연자일 뿐 아무 권한도 없다고 하면 어느 누가 사학에 대해서 꿈이나 꿔보겠는가. 그러기 때문에 설립자를 보호하는 많은 규정이 곳곳에 자리잡고 있다. 그럼에도 불구하고 요즘 사학분규가 유난히도 많고, 설립자 알기를 '원수' 취급하는 풍조가 인 것은 무엇 때문일까?

이는 교육부의 경륜이 일반사회의 보통 수준에도 미치지 못하기 때문이다. 오락가락 행정에 학연과 정실에 따른 부조리가 만연하고 있어서이다. 상지대 정이사 문제는 가장 두드러진 예다.

법무법인 태평양은 이 문제에 대한 집중적인 법리를 전개하고 있다.

"임시이사회에서 정이사 체제로 전환하더라도 설립자가 지명하는 사람을 선임하도록 하여 학교법인의 운영권을 설립자에게 반환해야 하는데, 이를 기피한 것은 헌법상의 기본권을 침해한 것이다. 설립자의 의사가 반영되지 않은 이사들에 의해 학교가 운영되는 것은 사유재산권의 침해다. 예를 들면 독실한 기독교 신자인 설립자가 기독교 신자를 위한 배움터 마련을 목적으로 학교법인을 설립했다고 하자. 이 때 교육부가 기존 이사들에 대한 승인을 취소하고 임시이사를 파송한다. 그 임시이사들이 불교신자들을 정이사로 선임하고 그들이 불교신자를 위한 교육사업을 추진한다면 결국 설립자의 의도와는 전연 다른 방향으로 출연 재산이 쓰이는 셈이므로 헌법상 기본권인 사유재산권을 침해당한 것이다. 또 학교법인의 기본재산을 처분하거나 정관을 변경하여 학교법인의 해산 시 잔여재산 귀속자를 기독교재단에서 불교재단으로 바꾸는 극단

적인 경우도 있을 수 있기 때문에 교육부의 임의로 정
이사를 승인한 것은 실질적인 설립자의 사유재산권 침
해가 된다.”

특히 원심판결이 김문기 등 원고들의 지위에 대하
여 “이사로서의 임기가 만료되어 법률상의 이익이 없
다”는 이유로 청구를 각하한 것은 김문기의 설립자로
서의 지위가 분명하고 다른 원고들도 다시 정이사로
선임될 지위에 있는 사람으로 ‘법률상 이익’이 있음
을 명백히 밝히고 있다.

전관예우와 지도자의 부정 비리

전관예우라고 하면 우리는 사법부와 검찰을 떠올린다. 이 사회에서 가장 큰 권력을 가지고 있는 조직 중의 하나가 그들인데 이들이 전관예우를 함으로써 많은 사회적 갈등을 빚어낸다는 것이 문제점이었다. 전관예우라 함은 전직 동료가 부탁하는 사건을 잘 처리해 주는 것을 의미한다.

검찰에서는 검사였던 사람이 변호사가 되어 수임한 사건을 무혐의나 기소유예 정도로 처리하는 것이고, 법원에서는 판사였던 사람이 수임한 사건을 무죄나 집행유예로 석방한다는 것이 전관예우에 대한 일반의 인식이다. 이것이 사실이냐 아니냐 하는 문제는 구체적으로 밝힐 수도 없고 밝혀질 리도 없다. 다만 색안경을 쓰고 보면 빨갛게도 보이고 파랗게도 보이는 것은 어쩔 수 없는 일이다.

이런 관행은 법원과 검찰뿐이 아니다. 모든 정부부처마다 퇴직자들의 조직이 엄청난 힘을 발휘하고 있다는 사실은 공공연하게 알려져 있다. 재경부를 떠난 사람은 금융기관으로 가고, 국세청 사람은 세무계통에서 일할 수 있다.

어떤 부처에서도 이 정도의 관행이 없는 곳이 없다. 유독 검찰과 법원이 도마에 오르는 것은 힘의 작용이 클수록 사회적 파장도 크기 때문일 것이다.

전관예우가 상호부조를 미덕으로 삼고 있는 우리나라에서 당연한 것 아니냐 하고 강변한다면 할 말을 잃는다. 그것은 도와주는 정도의 미덕을 떠나 사회부조리의 전형이 될 수 있기 때문에 문제가 된다.

그래서 직책에 따라서는 퇴직 이후 일정기간 동안 유관기관이나 업체에 취업을 하지 않도록 규정하고 있다. 그런데도 이를 교묘히 탈피하는 행위를 장관급 인사부터 자행하고 있어 공직자의 도덕성 해이가 극에 달하고 있음을 증명하고 있는 것은 불행한 일이다.

정권을 담당한 사람들도 이 점을 눈여겨보고 개혁을 부르짖고 있지만 쉬운 일이 아니다. 군사 쿠데타를 감행했던 정권들도 모두 부정척결, 비리타파, 청탁배제 그리고 정의구현을 내걸었다. 초심을 잃지 않았다면 성공했을 것이며, 집권자가 중심을 잡았더라면 큰 진전을 이룰 수 있었을 것이다. 그런데 모조리 실패했다.

그 원인은 남이 변할 것만 바랐지 정작 자신은 전혀 변함이 없었기 때문이다. 어떻게 보면 '나는 잘 먹고 잘 살 테니까 너는 깨끗하게 살아라' 하는 것과 똑같았다. 박정희가 그랬고 전두환, 노태우가 뒤를 따랐다. 그들이 저지른 부정축재가 얼마인가. 김영삼과 김대중은 아들까지 나서서 돈을 챙겼다.

이런 상황 속에 부정비리를 척결한다는 것이 연목구어일 수밖에 없음은 삼척동자도 아는 일이니 나라 꼴이 이 모양으로 주저앉은 게 아니겠는가.

시민운동가들도 대동소이한 작태

국민들은 관직을 지니고 있는 사람이 부정과 비리를 저지르는 것에 대해서는 이미 타성에 젖어 있다. "당연히 그럴 것이다"라고 하는 일종의 자포자기 심리가 작용한다. 물론 공직자 중에는 많은 청백리가 있다. 그런 분들이 있기 때문에 혼탁한 공직사회가 한 가닥 청량한 바람으로 씻어지기도 한다.

그런데 시민단체를 보는 국민들의 시각은 비교적 호의에 차 있다. 시민단체에서 활동하고 있는 사람들은 돈과는 아예 담을 쌓고 사는 사람으로 치부되기도 한다. 그만큼 신뢰도가 높다고 할 수 있다. 또 그래야만 정부를 향해서도 큰소리를 칠 수 있을 터이니 당연하다. 돈뿐이 아니다. 윤리 도덕에 있어서도 깨끗한 사람으로 보고 있다. 오직 공익에 관계되는 일에만 매달려 애쓰기 때문에 사생활 면에서도 흠이 없어야 하는 것은 기본이다. 지식이나 학식문제도 다른 사람보다 훨씬 앞서고 있다고 지레 짐작하고 있는 사람들이 많다. 여기에 인격까지 갖추고 판단력이 출중하다면 더 이상 바랄 게 없지 않겠는가. 시민운동을 하는 사람들의 면면을 보면 상당수의 사람들이 존경받을 만한 인격을 갖추고 있다고 보여진다. 그러나 그렇지 못한 사람이 왜 없겠는가. "저런 사람이 무슨 시민운동을 한다는 거야?" 하고 힐난하는 말도 들린다.

인간이 완전할 수 없다는 것은 알지만 사회정의와 도덕성을 제일의로 내걸어야 하는 시민운동자의 일거수일투족은 그만큼 국민들의 관심이 되고 있음을 깨달아야 한다. 그러한 시민운동의 대표적인 인물이 '전관예우'와 같은 비뚤어진 사고방식을 가지고 있음을 확인하고 개탄에 개탄을 거듭하는 사람을 만나게 된 것은 행운일까 불행일까.

사실 이는 상지대를 둘러싸고 벌어진 일이다. 김문기 쪽 사람이 각계각층에 영향력이 큰 시민운동의 대표적 원로를 찾아 정당한 설립자를 내쫓고 상지대를 차지하고 있는 인사들에 대해서 그 잘못을 깨우쳐주기를 부탁했다고 한다. 평소의 인격과 언행으로 미뤄볼 때 상지대의 진상을 알려주면 눈에 쌍심지를 돋우며, "사실이 그렇다면 상지대를 점령하고 있는 분들이 철수하도록 해야 된다"고 말씀할 줄 알았다고 한다.

그런데 좀 엉뚱하더란다. 설립자가 얼마나 억울하

게 당하고 있는지 듣는 척 하더니 얼굴색이 변하면서 고개를 흔들었다. "비록 김문기라는 설립자가 억울하다고 해도 상지대를 운영하는 사람들이 우리 동지들 아닌가. 그들이 모처럼 자리를 잡았는데 어떻게 발을 빼라고 한단 말인가. 그럴 수 없네." 시민운동가가 공직자의 전관예우는 비판하면서 자신의 동료 감싸기에 골몰하는 작태를 국민이 알면 뭐라고 할까?

역사왜곡의 죄악

고구려의 역사를 왜곡하고 있는 중국에 대한 성토가 국내외에서 빗발치고 있다. 광대무변한 만주 땅 거의 전부를 차지하고 있던 고구려의 강성했던 그 시절이 새삼스럽게 우리들의 가슴에 와 닿고 있는 일이 생긴 것이다. 지금 중국에 가면 동북 3성의 대부분이 고구려 영토였고 그 유적들이 곳곳에 보인다. 거대한 광개토대왕비를 비롯하여 산성과 무덤, 벽화 등 유적으로 남아 있는 실물들이 웅장했던 고구려의 면모를 다시 한번 일깨워주고 있다.

더구나 그 고구려 유적 중의 일부가 유네스코에서 지정하는 세계문화유산으로 등록됨으로써 찬란했던 역사를 더욱 빛나게 하고 있다. 그런데 아쉬운 것은 그 많은 유물들이 한반도에 있지 못하고 남의 땅 중국에 있다는 사실이다.

고구려 유적 광개토대왕비

그것은 결국 중국과의 전쟁을 통해서 점점 밀려 내려왔다는 것을 의미한다. 힘이 부쳐 전쟁에서 패하기도 했고, 싸우지 않고 천도를 통해서 자연스럽게 땅을 내놓은 일도 허다했다.

나라는 힘에 의해서만 유지될 수 있었기 때문이다. 그런데 지금 중국에서는 '동북공정' 이라는 이름으로 집단적인 역사 위조를 시도하고 있다. 수천 명의 역사학자를 동원하여 말초적인 정치적 해석을 가하며 고구려 역사를 송두리째 중국의 역사 속에 편입하고 있는

것이다. 역사는 원래 문화와 문명을 단위로 해석해야
만 새로운 발견이 가능하다. 겉으로 보이는 영토나 국
민의 숫자 같은 것은 들쑥날쑥이다.

　문화와 문명을 중심으로 판단하면 그 국가와 민족
의 생성 발전의 움직임을 한눈에 알아볼 수 있다. 언
어와 문자가 있고, 그림과 음식이 있다. 잠자고 놀고
노래하며 춤추는 모든 것들이 역사를 형성한다. 이를
놔두고 오직 언제 변할지 모르는 국토나 인구가 중심
인 양 역사를 본다고 하면 자칫 중국의 역사왜곡과 같
은 오류를 범하게 되는 것이다.

　과거 일본이 동조동근이나 내선일체를 내세워 조선
과 일본이 한 조상에서 나왔다고 주장했지만 문화와
문명의 차이를 극복하지 못하고 조선 민족의 처절한
저항에 부닥쳤던 역사의 실마리는 잘 알려진 일이다.
그래도 정신을 차리지 못한 일본은 아직도 독도를 자
기네 땅이라고 계속 우기고 있어 한번 빠진 역사왜곡
의 병증을 치료하지 못하고 있음을 만방에 선포하고
있는 셈이다.

　얼마 전 국회에서 친일청산에 관한 법을 만드는 데
앞장선 의원이 독립군 대장의 손녀라고 주장했다가 서

로 본관이 틀리다고 해서 애꿎은 가족사를 들춰내야 하는 곤욕을 치른 것도 범상히 볼 일이 아님을 깨달아야 한다.

상지대 역사를 왜곡한 사람들

한 나라의 역사를 왜곡했을 때 미치는 파장은 엄청나다. 그런데 나라의 역사말고도 가족사를 비틀기도 하고, 어떤 조직이나 단체의 역사를 뒤집어버리는 만행을 저지르는 사람들이 간혹 있다. 이러한 역사왜곡 역시 그 규모는 비록 국가의 역사에 비할 바 못 되지만 자체 내에서는 엄청난 풍파를 일으킬 수밖에 없다.

자칫 가족사를 바꿈으로써 큰 재산이 다른 사람에게 상속되는 수도 있으며, 촌수와 서열이 엇갈려 전반적인 혼란을 가중시키기도 한다. 문제는 사적인 경우 사회적인 파장이 작지만 공적인 경우에는 문제가 복잡하고 커진다. 상지대학교의 경우 수만 명의 졸업생을 배출하고 있는 30년 전통의 종합대학교이기 때문에 그 학교의 역사를 고치거나 바꾼다는 것은 관련자나

구성원 모두에게 심대한 타격을 주는 일이 된다.

그런데 그런 일이 실제로 일어났다. 설립자 김문기를 부정하기 위한 치밀한 공작 끝에 내린 결론이 학교 역사 위조였고 왜곡이었다. 역사학자라는 사람이 빠져서는 안 되는 함정에 스스로를 밀어 넣은 격이다. 김문기는 설립자가 아니라는 도식을 정해 놓고 여기에 모든 것을 맞춰온 것이다. 심지어 상지대의 전신이 원주대였다고 강변하기 위해서 원주대 설립자 원홍묵의 처를 동원하여 이사로 만드는 어처구니없는 행위를 하고도 부끄러운 줄 모르는 사람들이 그들이다.

설립자 김문기를 부정하기 위해 상지대 설립 당초의 이사를 원주대 이사로 바꿔치기하는 정관변경까지 감행했다. 이는 친아버지 이름을 호적에서 빼고 전연 상관 없는 사람을 아버지로 등재한 것과 다름없다. 지금 상지대 학생들은 근본 없는 역사를 진실인 양 알고 있으니 얼마나 불행한 역사의 날조인가.

이처럼 역사를 왜곡하는 사람들에게서 학생들은 무엇을 배울 수 있을까? 남을 속이고, 없었던 일을 있었던 것으로 조작하는 것이 전혀 부끄러운 일이 아니라고 배울까 걱정이다. 상아탑은 진리를 추구하고 정의를 사랑하는 마음을 가르치고 배우는 곳인데, 대학교수라는 사람들이 야바위적 수법을 자행하고도 '민주교수'를 자처하는 세상이니 젊은 학생들만 불쌍하지 않은가.

지록위마(指鹿爲馬)라는 고사가 생각난다. 진시황의 내시로 있던 조고라는 자가 자기의 영향력을 과시하느라고 임금 앞에 사슴을 갖다놓고 "이것은 말입니다"라고 말한다. 아무리 봐도 사슴이라 왕은 다른 신하에게 묻는다. "저것이 말이냐?" 조고가 무서웠던 신하들은 일제히 "예, 말입니다" 이처럼 사슴을 말이라고까지 우기며 자신의 세력을 과시하던 조고는 비참하게 죽었다. 천리를 어기면 반드시 앙화가 찾아든다는 것을 하늘은 가르쳐주고 있는 것이다.

상지대의 진실을 찾아서

　TV프로에 '진실 또는 거짓' 이라는 인기 프로가 있다. 대개 세 가지 테마를 놓고 프로가 진행된다. 그 중에서 한 가지는 거짓이다. 이를 알아맞히는 게임을 하면서 시청률을 높인다. 그런데 너무나 아리송해서 긴가민가하다가 틀리는 경우가 많다. 다행히도 맞히면 기분이 좋고, 틀리면 아쉬움이 남는다. 오락프로의 성격이기 때문에 맞히거나 틀리거나 아무런 부담도 없다. 그저 즐겁게 보고 나면 그만이다.

　그런데 우리가 살고 있는 사회에는 이것이 진실인

가, 저것이 거짓인가를 정확히 구분하지 못함으로써 자칫하면 오판을 하게 만드는 수가 종종 있다. 이로 인해서 사회와 구성원들이 입는 피해는 상상하지 못할 만큼 클 때도 있다. 이런 피해를 사전에 예방하기 위해서 국가는 제도적인 장치를 꾸며 놓았다. 서로 이견이 생기면 법원에 제소하여 최종 판결을 받아 결정하면 된다.

사람이 하는 일에 눈곱만치의 오차도 없다는 것은 있을 수도 없는 일이다. 아무리 법으로 정해져 있다고 해도 법관의 판단이 100% 옳을 수만은 없다. 지금은 열반에 드신 분이지만 고승으로 이름난 스님이 속세에서 판사를 한 일이 있다. 마침 살인자를 재판하게 되어 사실심리를 거쳐 사형을 선고한다. 사형수는 곧 집행되어 저 세상으로 떠났다.

그런데 후일 진범이 체포되었고, 억울하게 사형이 집행된 사람은 되돌릴 수 없는 운명의 나락에 떨어졌다. 이에 사형을 선고했던 판사는 "인간이 인간을 판단하는 것은 있을 수 없는 일이다"라고 크게 깨닫고 미련없이 화려했던 법관 생활을 버리고 출가한다. 자신이 진실을 찾는 노력을 좀더 했더라면 한 사람의 목

숨이 허무하게 사라지지는 않았을지도 모른다는 압박
감이 평생 그를 짓눌렀다. 그러기에 그는 처자식까지
도 버렸다. 남의 생명을 끊은 죄인이 어떻게 내 가족
을 감쌀 수 있단 말인가.

이처럼 심한 죄의식 속에 오직 하나 무념무상의 경
지에 들어 대각을 이루고 큰스님이 될 수 있었다. 세
상일이란 무릇 이런 것이다. 사실이 아닌 것을 사실로
잘못 믿게 되면 비뚤어진 가치관에 함몰된다. 지금 상
지대학교 문제는 온통 세상에 거꾸로 알려진 얘기만이
진실인 양 떠돈다. 권력에 의해서 일방적으로 매도되
고 사악하게 선전된 설립자 김문기는 알고 보니 너무
나 순진한 기업인에 불과했다.

어려서부터 열심히 일해서 돈 벌고 교육사업을 하
라고 옆에서 강요를 하는 통에 설립한 학교가 상지대
다. 기왕에 손을 댄 학교사업을 최고로 만들어보겠다
고 결심하고 있는 돈을 모두 털어댄 죄밖에 없다. 그
런 그가 사학비리의 원흉이라니! 진짜 원흉은 권력으
로 학교를 빼앗은 자 아닌가?

상지대학교 진실규명 설립자 학교찾아주기 운동본부구성

상지대의 문제점을 검토한 후, 제일 먼저 분개한 사람은 흥사단 운동으로 잔뼈가 굵은 강태욱이다. 그는 충남 당진 출신으로 흥사단 심사회장을 역임하며 수없이 많은 시민단체를 자의반 타의반으로 간여하게 되면서 상지대에 대한 구체적인 진정을 접수한다. 그의 말에 따르면 '김문기'에 대한 첫 인상은 아주 부정적이었다고 한다. 10년 전에 너무나 큰 사학의 비리부정으로 엮여 들어간 것만 알고 있었기에 그럴 수밖에 없었다. 그 뒤 어떻게 되었는지 바쁘게 살다보니 관심을 가질 여유가 없었다. 그러다가 진정서를 받고 자료를 검토하다가 "이런 나쁜 사람들이 있나!" 하고 드디어 진실을 알게 된 것이다.

이광환은 서울 토박이다. 일찍이 한국노총에서 노동운동을 시작했다. 크고 작은 노동운동의 현장에 참여하지 않은 곳이 없다고 할 정도로 그는 노총의 터줏대감이다. 등소평처럼 작은 키에 겁 없이 노동운동의 전선에서 싸워온 그에게 불의의 권력에 대한 투지를 새삼스럽게 불타오르게 한 것이 상지대의 탈취다. 부

당한 권력이 조작해낸 이 문제를 해결할 수 있다면 그
는 차디찬 얼음 바닥에서라도 농성하겠다는 각오가 새
롭다.

경상도에서 태어나 KBS 등에서 방송작가로 활약했
던 박용진은 근년에는 은평구를 중심으로 건강실천시
민협의회 회장으로 더 알려졌다. 그는 상지대 사태에
대해서 누구보다도 자료를 많이 섭렵했다. 그래서 확
신이 섰다. 11년 동안 부당하게 상지대를 좌지우지한
사람들이야말로 가장 큰 비리를 저지른 것이 아니냐고
분개한다.

부산 출신의 이갑산은 5.18 당시 미국에 유학 중 광
주에서 유혈사태가 발생한 사실을 알고 LA에서 교민
들과 함께 헌혈운동을 전개했던 특이한 경력의 소유자
다. 귀국하여 경실련, 동포서로돕기운동 등 다양한 시
민운동에 앞장섰다. 그 정의감이 상지대 문제에 대한
가장 적극적인 지원자가 되게 했는지도 모른다.

필자 역시 부당하게 빼앗긴 상지대의 실상을 알고
"세상에 이런 날강도들을 쫓아내지 못한다면 정의나
진실을 어디 가서 찾을 수 있겠느냐"고 생각하고 참여
했다. 군사독재와 싸우고 유신에 맞섰던 투지를 불살

라 불법적인 권력남용에 대처하고 있다.

이들은 신중한 조사를 통하여 확인된 김문기 설립자의 분통 터지는 '학교 피탈'을 참을 수 없는 인권탄압이요 사유재산 침해로 규정하고 불법적인 권력으로부터 상지대를 되찾아주자는 데 합의했다. 그래서 '상지학원 상지대학교 진실규명 설립자 학교 찾아주기 운동본부'를 전국NGO연대 내에 구성하고 상임대표를 공동으로 맡게 된 것이다.

사립대 총장들이 궐기하다

2004년 8월 17일 여의도에 자리 잡고 있는 전국경제인 연합회관 3층에 있는 국제회의장은 삼복더위를 무색하게 하는 열기가 뿜어져 나오고 있었다. 마치 손오공전에 나오는 화염산처럼 한강에서 불어오는 서늘한 바람조차 맥을 못 추는 그 열기는 사립학교 관계자들이 개최한 국제학술심포지엄의 열띤 토론에서 비롯된 것이었다.

이런 종류의 행사는 관계자들 이외에는 많은 사람이 모이기를 기대하기 힘들다. 그런데 이날 행사장에는 사람들이 구름같이 모였다. 짜기로 이름난 신문들도 일제히 700여 명으로 보도하여 이 행사의 규모를 짐작하게 만들었다. 그렇다면 도대체 무슨 주제를 가지고 국제심포지엄을 했기에 이렇게 많은 관심을 끌 수 있었을까 궁금하기도 하다.

현재 정부와 여당 측에서 공동으로 추진하고 있는 사립학교법 개정문제에 대한 전문가들의 견해를 듣는다는 것이 이날의 주제였다. 한국사립대학교 총장협의회와 한국사학법인 협의회, 한국사립중고교 법인협의회 등 사학 관련 9개 단체의 공동으로 개최한 이 심포지엄에는 일본 호세이대 총장 겸 이사장인 기요나리 다다이가 참석하여 일본의 사학정책과 그 실정을 자세히 설명하기도 했다.

그에 따르면 "일본은 과거에 학과 신설을 하려면 문부과학성의 사전인가를 받아야 했지만 지금은 사후신고만 하면 된다"고 한다. 그만큼 학교의 자율성이 보장되고 있다는 의미다. 사립대만 그런 게 아니고, 국공립대도 보다 많은 자율성을 확보하고 있으며, 이는 경영이 안정되어야 대학이 발전할 수 있다는 일본정부의 판단에 기인한 것이다. 일본에서는 2004년 지난 4

월 사학법 개정이 이뤄졌는데 이사회의 권한과 경영의 최종책임이 이사회에 있음을 분명히 하고 다만 학교의 재무정보 공개를 의무화하여 경영의 투명성을 높이도록 했다고 한다. 일본에서도 일부 사립대가 족벌체제로 운영되고, 비리를 저지르는 수도 있지만 국가가 학교문제에 직접 개입하는 일은 없다고 한다.

그는 125년 전통의 호세이대학을 한 단계 더 발전시킨 인물로 평가받고 있는데, 그 근저에는 능력 있고 정직한 이사회가 개혁을 주도함으로써 가능했다고 한다.

"대학에 대한 정부의 간섭을 줄이는 것이 세계적인 추세입니다. 자율성을 최대한 보장해야 대학교육도 발전할 수 있습니다."

고등학교는 무조건 평준화 일색이고 대학입시는 정부가 주관하는 수능시험을 치러야 하는 나라에서 사립학교 법인이사장을 무력화시키는 사학법 개정까지 추진하고 있는 현실이다. 그렇다면 선진화한 이웃나라 노교육자의 일본실정에 대한 설명은 뭐라고 평해야 할까?

여당의 "사학법 개정은 사립학교를 빼앗자는 것"

지금 여당 측에서 내놓고 있는 사립학교법 개정안은 교육부 안과도 차이가 많다. 2004년 8월 20일, 교육부와 열린우리당 소속 국회의원들이 합동회의를 가졌다. 이 자리에서 386세대로 불리는 젊은 신인 국회의원들은 사학법 개정만이 개혁의 모든 것인 양 열을 올리며 자기들이 마련한 개정안을 교육부가 수용하도록 압박했다.

이에 대하여 안병영 교육부총리는 "사학을 설립한 이사회의 권한을 대폭 축소하여 교사 임면권을 총장에게 주는 것은 있을 수 없는 일이다"라고 버텼다. 3시간에 걸친 토론은 쌍방 주장이 첨예하게 맞서 결론을 내리지 못하고 일단 해산했지만 열린우리당에서 끝까지 밀어붙이면 교육부가 받아들이지 않을 수 없을 것이라는 게 일반여론이다.

이러한 사태를 예견이라도 한 것일까? 국제심포지엄에서는 박홍 서강대 이사장이 마이크를 잡았다. 그는 가톨릭의 사제 출신으로 이미 서강대 총장을 역임한 교육자이기도 하다. 서강대는 개인의 돈으로 만들

어진 대학이 아니라 가톨릭교회에서 재단을 형성한 가
장 공익적인 학교다. 따라서 서강대는 족벌체제로 운
영될 수도 없고, 사적인 비리나 부정도 있을 수 없다
고 보는 것이 타당하다.

그런 학교를 맡고 있는 박홍은 "새 개정안이 교직원
임면권을 총장에게 주고 학사운영의 주요사항을 학교
운영위와 대학 평위원회가 장악하도록 한다는 것은 사
실상 사립학교를 몰수하는 것"이라고 강하게 비판하
고 "사립학교를 빼앗아 교수, 교사에게 주자는 공산주
의적 발상"이라고 막말까지 하고 나섰다.

DJ시절 교육부총리를 역임한 이상주 성신여대 총장
도 "일부 사학의 부조리를 근절한다는 명분으로 양심
적인 사학까지 기본권과 학교운영권을 박탈하는 것은
법리에도 맞지 않고 사리에도 어긋난다"고 주장했다.
한국사학법인협의회를 이끌고 있는 조용기 전남과학
대학장은 "사학인 모두가 일치 단결하여 사학의 기본
을 말살하려는 책략을 막아야 한다"고 소리 높였다.
전주 상산고 홍성대 이사장은 "이 개정안은 사유재산
권을 보장한 헌법을 위반한 것이므로 헌법소원을 통하
여 바로 잡게 될 것이다"라는 대책을 제시하기도 했

다. 대학교 총장, 이사장, 그리고 사학 관련인사들이 모두 모인 이날의 열기를 반영이라도 하는 듯 이 행사는 도하 매스컴의 집중적인 취재대상이 되었으며, 주요 신문들은 사설을 통하여 "학교를 정치판으로 끌어내려서는 자칫 교육망국을 자초할 수 있다"고 경고했다. 이들의 주장을 그대로 압축한 것이 바로 상지대 문제가 아닌가 하는 것이 모인 사람들의 일치된 견해였다.

"나는 이렇게 표적사정 당했다"

지금까지 상지대를 중심으로 본 사학의 문제점이 과연 어디에서 비롯된 것인가 하는 문제를 여러 각도에서 살펴봤다. 일부 사학의 비리가 있었던 것도 사실이지만 이를 빌미로 권력이 작용하여 작은 잘못이 큰 잘못으로 탈바꿈하기도 하고 조작되기도 했다는 것을 발견하게 된다. 우리는 이런 사실을 접하며 이 나라 교육의 미래를 결정하는 대학교육이 관 일변도로 획일적임을 알게 되었고, 이는 교육을 좀먹는 일임을 깨닫게 된다.

더구나 상지대처럼 설립자를 구속하고 관선이사를 파견한 후 그가 대법원에서 무죄로 풀려났음에도 불구하고 사립학교법을 정면으로 위반해가면서까지 10년 동안 복귀를 거부하다가 급기야 새해에 들어서면서 정이사를 승인하여 권력에 의한 사학탈취라는 전대미문의 만행을 저지르는 것을 보고 끓어오르는 분노를 참을 수 없었다.

따라서 그 동안 김문기 전이사장이 주장해 왔던 표적사정의 경위를 이 기회에 상세히 기억해 둘 필요가 있을 것이다. 왜냐하면 사학을 경영하는 사람 중에는 언제, 어떤 명목으로 이와 똑같은 사정의 칼날에 제2의 희생자가 될지도 모르기 때문이다.

그가 김영삼정부에 의해서 체포된 것은 1993년 3월 29일이었다. 서초구 반포동에 있는 팔레스호텔 부근 궁전다방이라는 곳에서였다. 당시 그는 강원도 강릉지역구에서 당선한 3선 의원이었다. 여당인 민자당 소속으로 강원도 지부장, 당무위원, 재정위원, 당 환경위원장 등의 요직을 맡고 있는 중진이었다. 그러나 그런 감투는 권력과 유착되어 있을 때에만 빛나는 것이지, 권력이 때려잡겠다고 칼을 빼들면 무용지물에 불과했다.

검은 안경으로 얼굴을 감춘 정체불명의 수사관이라는 청년들이 들이닥쳐 영장도 제시하지 않고 강제 연행한 것이다. 군사독재 시절에 민주인사들을 연행해 가던 수법이 바로 이런 것이었구나 하고 느낄 사이도 없이 끌려갔다.

독재정권을 규탄하던 인사들이 수없이 잡혀갈 때, 여당의원이었던 김문기는 그들의 고통을 미처 깨달을 수 없었지만 자기 자신이 똑같은 신세가 되고 보니 권력의 횡포가 얼마나 무자비한 것인지 비로소 알 것 같았다.

그리고 그는 민주인사들이 당하던 고통보다 훨씬 더 큰 압박을 받아야 했다. 민주인사들은 '정치범'으로 다뤘지만 김문기는 특가법에 묶어 파렴치한 잡범으로 취급되었다. 한 달이 넘도록 숨이 막힐 듯한 공포 분위기를 조성하며 자백을 강요했지만 없는 죄를 불 수는 없었다. 평생에 단 한 차례도 당해보지 않았던 강제수사는 김문기의 육체는 물론 영혼까지도 철저히 짓밟으며 '자포자기한 심정으로 내몰게 만들었다.'

국회의원, 이사장직 강제사퇴하다

김문기의원에게는 그에 앞서 당시 민자당 사무총장이던 최형우와 부총장 권해옥으로부터 수없이 많은 전화가 걸려왔다. 2월 25일 김영삼이 취임하자마자 이틀 뒤 민자당에는 공직자 재산등록 조사위원회가 발족됐다.

실세로 알려진 최형우, 권해옥, 조부영, 백남치 등이 조사위원이 되었다. 그들은 서릿발같은 김영삼의 사정의 칼날을 휘두르는 도부수 역할에 충실했다. 그들이라고 어제까지 같은 솥에서 밥을 먹던 동료 국회의원에게 가혹한 행위를 하고 싶지는 않았을 것이다. 그러나 주어진 직책에 충실하려면 희생양을 만드는 일에 박차를 가해야 한다.

그들은 김영삼정부 공직자 사정1호로 '김문기'를 지목했다. 우선 재산 등록액수가 185억에 이르러 다른 사람에 비해서 월등히 많은 것이 눈에 띄었다. 게다가 상교협 교수 몇 사람이 터무니없는 사실을 조작하여 정부 쪽에 투서를 낸 것이 작용했다. 더구나 여당 중진을 먼저 족치는 것은 정적을 사정하는 데도 형

평의 원칙이 지켜지는 것처럼 호도할 수 있어 안성맞춤이 되었다.

조사위원을 대표한 권해옥은 "상부에서 전격적으로 결정된 사항이다. 모든 공직에서 사퇴시키라는 명령이 떨어졌다. 만일 사퇴하지 않고 버티면 가정, 친척, 지역구, 사업체, 학교법인 등 전방위적인 사정에 착수한다"고 하면서 "모든 공직을 떠나 학교운영에만 전념한다면 사법처리 등 어떤 불이익도 없다"는 것을 최형우의원을 통해서 확인시켜줬다.

"이를 믿고 그대로 따른 것이 나의 일생일대의 실수가 될 것이라는 것을 깨닫는 데는 그리 오랜 시간이 걸리지 않았다." 이것이 최근에 토로한 김문기의 심정이다. 그가 검찰에서 조사를 받을 때 부동산 투기나 학교공금 횡령 등 전형적인 사학비리의 꼬투리가 잡히지 않자 담당 검사를 교체하였다. 새로 온 사람은 후일 국회의원을 역임한 함승희였다. 그는 김문기와 동향이며 그의 부친은 명주 양양 지구당의 부위원장으로 있는 함상순으로 김문기와 절친한 동지였다.

이런 내력을 바탕으로 김문기에게 교묘한 회유가 이뤄진다. 나중에 김문기를 구속 기소할 때 덮어씌워진 죄목은 특가법이 주된 죄목이었는데, 모두 무죄로 판결 받았고 오직 유죄로 된 것은 업무방해죄 하나뿐이다. 이것은 학생 7명을 부정입학시킨 사실을 사전에 보고받았다고만 진술하면 다른 사람은 모두 풀어주고 김문기 역시 잠깐 동안만 있다가 나가면 된다는 감언이설에 넘어간 것이 그만 독을 마신 셈이 되었다.

함승희는 "상부와 타협이 되어 지시를 받고 하는 것이니 여기에 타협해 주시면 곧 나가게 됩니다" 하면서 간곡히 설득하여 믿었지만 이로 인하여 감옥은 감옥대로 살고, 학교는 학교대로 빼앗기는 이중고를 겪어야 했다.

"정의는 반드시 승리한다"

상지대 설립자로서의 김문기가 당한 고통은 사립대를 운영하고 있는 모든 사람들이 당할 수 있는 잠재력이 있다고 보기 때문에 비상한 관심을 모으고 있는 것도 사실이다. 더구나 현재 정이사 선출과 관련한 소송이 진행되고 있어 판결의 결과 여하에 따라서는 후폭풍이 만만찮을 것으로 보여지고 있다.

첫째, 재판의 내용이 문제인데 사건의 경위나 법적인 면, 그리고 일반 사회 관행상으로 있을 수 없는 임시이사회의 정이사 선임은 교육부에서도 한때 불법으

로 규정했던 사항이기 때문에 김문기 측이 승소할 가
능성이 많다는 사실이다.

이에 대해서는 법률 전문가들이 치열한 법리공방을
벌일 것으로 예상하고 있다. 1심과 달라 항소심은 노
련한 법관들이 진을 치고 있어 국가와 민족을 위한 교
육의 미래를 어떻게 결정해야 할 것인지 많은 고뇌를
할 것으로 예상되지만 법리상 오히려 쉽게 결론에 도
달할지도 모른다.

어떤 판결이 나더라도 최종심까지 가지 않겠느냐
하는 것이 관계자들의 관측이다. 다만 항소심은 사실
심리와 법리심사까지 모두 포용하고 있어 법리 검토를
중시하는 최종심에 미치는 영향이 크다. 항소심 판결
이 곧 최종판결이라는 말이 떠도는 이유도 여기에 있
다. 이 재판은 각기 법정 대리인인 변호사끼리의 치열
한 두뇌싸움이 될 것이다. 온갖 판례가 모두 동원될
것이고, 행정부의 관례 그리고 사회적 관행까지도 참
고되지 않겠는가.

중대한 재판을 앞둔 당사자들의 마음은 터질 듯한
긴장감으로 두근반 세근반하면서 콩 튀듯 하는 가슴을
진정하기 어려울 것이다. 필자는 그 동안 준비해온 원

고의 마지막 대미를 장식하기 전에 사학의 문제점을 모두 안고 있는 상지대의 주인공 김문기를 만나 그의 심경을 들어보기로 했다.

그런데 필자가 그를 만나보니 의외였다. 잔뜩 긴장하고 앞으로 닥칠 여러 가지 문제에 대해서 노심초사하고 있을 것으로 생각했는데 천만 뜻밖에도 담담했다. 산전수전 다 겪은 노교육자의 풍모를 조금도 잃지 않고 있었다. 젊어서 거대재산을 이룬 기업인으로서의 자세도 흐트러짐이 없었다. 3선의 국회의원을 지낸 정치인으로서의 오만함은 더더구나 찾기 어려웠다. 그저 평범한 생활인으로서 겸손하고 따뜻한 면모였다.

그러나 상지대 문제를 꺼내자 단호한 입장을 표명했다. "정의는 반드시 승리합니다." 11년이나 자기가 만든 학교에 들어가 보지도 못한 한이 서려 있는 모습이었다. 그것이 증오로 표출되지 않고 담담하게 보여지는 것은 오랜 세월 갈고 닦은 마음의 도가 통하고 있기 때문이리라.

학교 복귀하면 설립자의 초심으로 돌아가

김문기는 1974년도에 상지대를 설립했던 것을 조금도 후회하지 않는다고 확언한다. 잘 나가던 사업을 그만두고 느닷없이 교육사업에 손을 댄 것은 당시의 여건이 그렇게 만들어준 것이기에 누구를 원망하거나 후회할 일이 아니라는 것이다. 마지막 결정은 자기 스스로 내린 일로서 어려서 고생을 많이 했던 사람이 교육을 눈여겨보았다는 것은 어떤 의미에서 너무나 당연하다는 얘기였다.

"교육이란 백년천년을 내다보고 하는 사업 아니냐. 내가 설립한 상지대가 훌륭한 인재를 배출하는 데 그 목적이 있었지만 권력의 횡포에 의해서 10년이 넘는 세월, 그 역할을 포기하도록 강요당하고 있는 현실이 너무나 답답하다. 그 동안 상지대는 무궁한 발전을 할 수 있는 기회를 많이 놓쳤다. 내가 계속적으로 운영했다면 비약적인 발전을 이뤘을 것으로 확신한다.

학교운영이란 아무나 할 수 있을 것 같지만 사실은 엄청나게 어려운 일이다. 사학의 운영자는 학교에 대한 애정이 첫째다. 자식을 길러도 사랑으로 감싸야만

무럭무럭 자라듯이 학교 역시 진심에서 우러나오는 애정 없이는 수박 겉핥기로 끝나고 마는 것이다.

그 동안 상지대를 떠맡아 운영하고 있는 사람들은 나름대로 학교발전에 애를 써왔겠지만 태생적으로 강제탈취자의 면모를 벗어날 수는 없었을 것이다.

설립자인 나를 배제하기 위해 학교 역사를 왜곡하고 엄청난 학교재산을 마구잡이로 써서는 학교를 제대로 꾸리기 어려운 일 아니겠는가. 학교의 공용재산을 함부로 쓴다는 것은 주인의식이 없기 때문이다. 아니, 주인이 아님을 스스로 밝히는 꼴이라고 봐야 한다.”

그의 입이 열리자 한번 터진 교육관이 그칠 줄 모르고 풀려나왔다. 억울하게 학교를 뺏기고 아직도 복귀하지 못하고 있는 그는 만감이 오가는 듯 잠시 말을 멈추고 호흡을 가다듬기도 했다. 욕이라도 한번 해봤으면 싶을 터인데 굳게 다문 입에서는 오직 학교발전과 그 가능성에 대한 무한한 비전을 제시할 뿐이다.

그는 반드시 학교를 되찾아 1973년도에 허허벌판을 닦아 학교를 설립하고 첫 입학생을 받아들일 때의 감격과 그 후 비약적인 발전을 거듭하며 1989년도에 종합대학교로 웅비할 때의 감동을 되살릴 자신이 있다고 말한다.

　설립 당시의 초심으로 돌아가야만 그 때의 정열이
불같이 일어날 것이라고 힘주어 말하는 그의 눈에서
불길이 튀기는 듯한 느낌이 드는 것은 필자의 감동 때
문일까. 역시 오랜 세월 학교만을 가꿔온 노교육자의
미래를 내다보는 청사진은 아무나 갖기 어려운 그만의
경륜이리라.

상지대 사태 진상규명 결과를 보고

　2004년 6월 9일 프레스센터에서 열린 '상지학원 상지대학교 분규사태 진상보고 기자회견'에서 강태욱의 마무리 회견은 큰 인상을 남겼다. 그의 견해는 상지대 사태의 사실문제에 집착했다고 보기 전에 인간의 양심과 사회정의에 더 초점이 맞춰져 있다.

　이 문제에 대한 그의 철학적 접근은 우선 만물의 영장이라고 하는 인간이 가지고 있는 이성, 양심, 사랑 그리고 자유능력을 살피고 있다. 그에 따르면 옳고 그름을 판단하고 대자연의 이치를 탐구하며 터득할 수

상지학원 상지대학교 분규사태 진상보고 기자회견

있는 인간 고유의 능력을 이성으로 본다. 자유와 평등
이라는 민주주의 대원칙도 이에 따라 한 단계씩 발전
해왔다.

시대의 모순과 불합리를 개조하겠다는 생각을 개혁
정신이라고 할 수 있는데, 그 근본 원칙은 진리 위에
바탕을 둔 정의다. 따라서 진리와 정의만이 인류 문명
을 형성하고 계속적으로 유지 발전시킬 수 있는 근본
이 된다. 이를 어기면 인간세상은 허물어진다. 순천자
는 흥하고, 역천자는 망한다는 선인들의 옛 말씀은 불
변의 진리다. 상지대를 이 지경으로 만든 것은 바로

순리를 어기는 일이기에 그들이 하루 빨리 깨달아야
할 것이다.

강태욱은 다시 우리나라의 현실적 시련과 극복 과
정을 말한다.

해방 이후 엄청난 시련을 극복할 수 있었던 저력은
민주투사 덕분이라고 할 수 있다. 모진 고난과 희생을
강요당하면서도 군사독재에 항거한 것은 한가닥 양심
과 정의감이 있기 때문이었다. 오직 자유와 평등이 보
장되는 자유민주주의 국가로 만들겠다는 굳은 의지가
독재와 싸우게 만들었고, 이 도도한 민주화 물결이 문
민정부로, 국민정부로, 참여정부로 나타난 것이다.

물론 그들 정부가 국민의 여망을 뒤엎고 부정비리
에 빠지거나 오만불손해진 면도 없지 않지만 개혁과
변화를 서두르다가 생긴 일시적인 착각으로 생각한다.
다만 경계해야 할 일은 근본정신과 원칙이 없는 편의
주의적이고 아전인수적인 개혁은 허구요 거짓이라는
사실이다. 정직한 개혁세력의 구축이 필요하다.

그런데 그 동안 민주화 운동에 참여했었다는 사실
하나만을 훈장처럼 매달고 다니는 인사들 중에 도둑
심보를 가진 사람이 끼여 있다면 어떻게 해야 할까!

상지대를 휘어잡고 시민대학을 만들겠다는 발상을 하고 있는 사람들에게 사유재산권은 무엇이며, 자유민주주의는 무엇이냐고 묻고 싶은 이유가 바로 여기에 있다.

진부한 표현이지만 "내가 하면 로맨스고 남이 하면 스캔들이다"라는 말이 있다. 중국이 고구려사를 왜곡하면 나쁜 것이라고 말하는 입으로 상지대의 역사는 어째서 위조하고 변조하여 왜곡하는 것인가.

상지대는 현재 장물이다

강태욱의 확신은 계속된다. 상지대의 진실을 알지 못했을 때는 무조건 김문기 설립자를 사학재벌의 전형이고 부정부패의 원흉이라고 생각했다. 그런데 우연한 기회에 그 진실을 알게 되었다. 김문기를 구속할 때 허구 날조된 죄목으로 묶었지만 대법원에서 모두 무죄가 된 사실을 알았을 때 쇠뭉치로 뒤통수를 맞은 느낌이었다.

권력의 야료에 그 동안 깜빡 속아 온 자신이 그다지

도 어리석어 보일 수가 없었다. 흥사단의 도산 안창호 선생께서 일제 경찰에 체포될 때의 일화가 생각난다. 그분은 다섯 살짜리 어린이와 약속한 일이 있었다. 생일잔치에 꼭 참석하마고. 그 약속을 지키려고 집을 나설 때 제자들이 만류했다. 위험하니 가면 안 된다고. 도산은 말했다. 다섯 살짜리와도 지키지 못할 약속을 어떻게 국가와 민족을 위해서 일하겠다고 약속한단 말이냐. 그 길로 체포된 도산은 자신의 행동에 대해 후회하지는 않았을 것이다.

상지대가 불의의 함정에 빠진 것을 안 이상 그대로 두고 볼 수는 없다. 권력의 비양심을 바로잡아 정의사회를 구현하는 것이 내가 할 일이다. 그는 현재의 상지대는 '장물'이라고 단언하고 있다. 장물이란 절도나 강도가 빼앗아 간 물건을 말한다. 지금 상지대는 권력에 의해서 강제로 뺏어간 것이기 때문에 장물이라고 말하는 데 조금도 주저할 것이 없다.

끝으로 그가 당부하는 바는 상지대를 둘러싼 비이성적인, 비양심적인 인사들이 스스로 잘못을 깨달아 정직성을 되찾기를 간곡히 바란다는 것이다. 누구나 잘못을 저지를 수 있지만 뉘우치는 사람에게는 자기

자리로 되돌아가는 길이 열려 있음을 알라. 이것이 그의 약속이다. 그래서 후회는 없다.

지금까지 상지대를 중심으로 본 사학의 문제점을 나름대로 파헤쳐봤다. 캐면 캘수록 묵은 이야기, 썩은 이야기가 쏟아져 나온다. 사립학교를 주머니 속 물건처럼 취급하는 오만한 교육부의 자세가 가장 큰 문제로 부각된다.

교육을 살리고 북돋아줘야 할 교육부가 사학 위에 군림하는 독재적 자세를 견지하고 있는 한 무슨 수로 사학이 제 몫을 할 수 있단 말인가. 미래를 짊어질 2세를 교육하는 데 가장 좋은 길은 스스로 알아서 헤쳐 나갈 수 있는 길을 열어주는 것이다. 이것이 자율성이고 독립성이다.

이를 억제하여 내 울타리 속에 가두는 것은 폐쇄적이고 타율적이다. 사학을 장려하려면 제 힘으로 커가게 해야 한다. 관이 개입하면 잘 되던 일도 막힌다. 상지대처럼 설립자의 능력이 확고한 대학을 억지로 시민대학화한다면 결국 교육부가 교육부(攪肉腐)로 전락하지 않을까 걱정된다.

-大尾-